The Canterville Ghost
El fantasma de Canterville

Oscar Wilde

The Canterville Ghost
El fantasma de Canterville

Texto paralelo bilingüe
Bilingual edition

Ingles - Español
English - Spanish

texto en español, traducido del inglés por Guillermo Tirelli

Rosetta Edu

Título original: The Canterville Ghost

Primera publicación: 1887

Primera edición: Enero 2023

Publicado por Rosetta Edu
Londres, Enero 2023
www.rosettaedu.com

ISBN: 978-1-915088-21-5

Rosetta Edu
Ediciones bilingües

Páginas enfrentadas
Páginas enfrentadas de la traducción y texto original en libros impresos.

Párrafos alineados en libros impresos
En libros impresos, los párrafos alineados entre los dos idiomas facilitan la comparación y la comprensión, ahorrando la necesidad de referirse constantemente al diccionario.

Párrafos enlazados en libros electrónicos
En libros electrónicos la comparación y la comprensión son facilitadas por citas al pie colocadas al principio de cada párrafo enlazando el texto en el idioma original y su traducción.

Integridad y fidelidad
Traducciones íntegras, fieles y no abreviadas del texto original.

Cuidado del vocabulario
Traducciones especiales para ediciones bilingües, con especial cuidado por la hegemonía de vocabulario utilizando glosarios en el proceso de traducción.

Contexto educativo
Ediciones enfocadas a estudiantes intermedios y avanzados del idioma original del texto en libros coleccionables y aptos para el contexto educativo.

INDICE

An amusing chronicle of the tribulations of the Ghost of Canterville Chase when his ancestral halls became the home of the American Minister to the Court of St. James.

Illustrated by WALLACE GOLDSMITH

Una divertida crónica de las tribulaciones del fantasma de Canterville Chase cuando sus ancestrales salones se convirtieron en el hogar del
Ministro de los Estados Unidos de América ante la Corte de St. James.

Ilustrado por WALLACE GOLDSMITH

I

When Mr. Hiram B. Otis, the American Minister, bought Canterville Chase, every one told him he was doing a very foolish thing, as there was no doubt at all that the place was haunted. Indeed, Lord Canterville himself, who was a man of the most punctilious honour, had felt it his duty to mention the fact to Mr. Otis when they came to discuss terms.

"We have not cared to live in the place ourselves," said Lord Canterville, "since my grandaunt, the Dowager Duchess of Bolton, was frightened into a fit, from which she never really recovered, by two skeleton hands being placed on her shoulders as she was dressing for dinner, and I feel bound to tell you, Mr. Otis, that the ghost has been seen by several living members of my family, as well as by the rector of the parish, the Rev. Augustus Dampier, who is a Fellow of King's College, Cambridge. After the unfortunate accident to the Duchess, none of our younger servants would stay with us, and Lady Canterville often got very little sleep at night, in consequence of the mysterious noises that came from the corridor and the library."

"My Lord," answered the Minister, "I will take the furniture and the ghost at a valuation. I have come from a modern country, where we have everything that money can buy; and with all our spry young fellows painting the Old World red, and carrying off your best actors and prima-donnas, I reckon that if there were such a thing as a ghost in Europe, we'd have it at home in a very short time in one of our public museums, or on the road as a show."

"I fear that the ghost exists," said Lord Canterville, smiling, "though it may have resisted the overtures of your enterprising impresarios. It has been well known for three centuries, since 1584 in fact, and always makes its appearance before the death of any member of our family."

"Well, so does the family doctor for that matter, Lord Canterville. But there is no such thing, sir, as a ghost, and I guess the laws of Nature are not going to be suspended for the British aristocracy."

I

Cuando el señor Hiram B. Otis, Ministro de los Estados Unidos de América, compró Canterville Chase, todo el mundo le dijo que estaba cometiendo una gran tontería, ya que no había ninguna duda de que el lugar estaba encantado. De hecho, el propio Lord Canterville, que era un hombre de lo más puntilloso, se sintió obligado a mencionar el hecho al señor Otis cuando discutieron los términos.

«Nos hemos resistido a vivir en ese lugar», dijo Lord Canterville, «desde que mi tía abuela, la Duquesa Viuda de Bolton, tuvo un ataque de pánico, del que nunca se recuperó realmente, cuando sintió sobre sus hombros dos manos de esqueleto mientras se vestía para la cena, y me siento obligado a decirle, señor Otis, que el fantasma ha sido visto por varios miembros de mi familia que aún viven, así como por el rector de la parroquia, el Reverendo Augustus Dampier, que es miembro del King's College de Cambridge. Después del desafortunado accidente ocurrido a la Duquesa, ninguno de nuestros sirvientes más jóvenes quiso quedarse con nosotros, y Lady Canterville a menudo dormía muy poco por la noche, como consecuencia de los misteriosos ruidos que llegaban del pasillo y de la biblioteca».

«Milord», respondió el Ministro, «aceptaré el mobiliario y el fantasma a su justo precio. Vengo de un país moderno, en el que tenemos todo lo que el dinero puede comprar; y con todos nuestros jóvenes y ágiles compañeros escandalizándose en el Viejo Mundo, y llevándose a sus mejores actores y prima-donnas, considero que si quedara tal cosa como un fantasma en Europa, lo tendríamos en casa en muy poco tiempo en uno de nuestros museos públicos, o en la carretera, como un espectáculo».

«Me temo que el fantasma existe», dijo Lord Canterville, sonriendo, «aunque puede haber resistido las insinuaciones de sus intrépidos empresarios. Es bien conocido desde hace tres siglos, desde 1584 de hecho, y siempre hace su aparición antes de la muerte de cualquier miembro de nuestra familia».

«Bueno, también lo hace el médico de la familia, Lord Canterville. Pero no existe tal cosa, señor, como un fantasma, y supongo que las leyes de la naturaleza no se van a suspender en honor a la aristocracia británica».

MISS VIRGINIA E. OTIS

LA SEÑORITA E. OTIS

"You are certainly very natural in America," answered Lord Canterville, who did not quite understand Mr. Otis's last observation, "and if you don't mind a ghost in the house, it is all right. Only you must remember I warned you."

A few weeks after this, the purchase was concluded, and at the close of the season the Minister and his family went down to Canterville Chase. Mrs. Otis, who, as Miss Lucretia R. Tappan, of West 53d Street, had been a celebrated New York belle, was now a very handsome, middle-aged woman, with fine eyes, and a superb profile. Many American ladies on leaving their native land adopt an appearance of chronic ill-health, under the impression that it is a form of European refinement, but Mrs. Otis had never fallen into this error. She had a magnificent constitution, and a really wonderful amount of animal spirits. Indeed, in many respects, she was quite English, and was an excellent example of the fact that we have really everything in common with America nowadays, except, of course, language. Her eldest son, christened Washington by his parents in a moment of patriotism, which he never ceased to regret, was a fair-haired, rather good-looking young man, who had qualified himself for American diplomacy by leading the German at the Newport Casino for three successive seasons, and even in London was well known as an excellent dancer. Gardenias and the peerage were his only weaknesses. Otherwise he was extremely sensible. Miss Virginia E. Otis was a little girl of fifteen, lithe and lovely as a fawn, and with a fine freedom in her large blue eyes. She was a wonderful Amazon, and had once raced old Lord Bilton on her pony twice round the park, winning by a length and a half, just in front of the Achilles statue, to the huge delight of the young Duke of Cheshire, who proposed for her on the spot, and was sent back to Eton that very night by his guardians, in floods of tears. After Virginia came the twins, who were usually called "The Star and Stripes," as they were always getting swished. They were delightful boys, and, with the exception of the worthy Minister, the only true republicans of the family.

«Ciertamente son ustedes muy naturales en Estados Unidos», respondió Lord Canterville, que no acababa de entender la última observación del señor Otis, «y si no le importa que haya un fantasma en la casa, está bien. Sólo debe recordar que le advertí».

Pocas semanas después de esto, se concluyó la compra, y al final de la temporada el Ministro y su familia se trasladaron a Canterville Chase. La señora Otis, que, como señorita Lucretia R. Tappan, de West 53d Street, había sido una célebre belleza neoyorquina, era ahora una mujer de mediana edad muy atractiva, con ojos finos y un perfil soberbio. Muchas damas norteamericanas al dejar su tierra natal adoptan un aspecto de mala salud crónica, bajo la impresión de que es una forma de refinamiento europeo, pero la señora Otis nunca había caído en este error. Tenía una magnífica constitución y un maravilloso espíritu animal. De hecho, en muchos aspectos, era bastante inglesa, y constituía un excelente ejemplo de que hoy en día tenemos todo en común con los Estados Unidos, excepto, por supuesto, el idioma. Su hijo mayor, bautizado por sus padres con el nombre de Washington en un momento de patriotismo, del que él nunca dejó de arrepentirse, era un joven rubio y bastante apuesto, que se había cualificado para la diplomacia americana dirigiendo a los alemanes al Casino de Newport durante tres temporadas sucesivas, e incluso en Londres era conocido como un excelente bailarín. Las gardenias y la nobleza eran sus únicas debilidades. Por lo demás, era extremadamente sensato. La señorita Virginia E. Otis era una niña de quince años, ágil y encantadora como un cervatillo, y con gran libertad en sus grandes ojos azules. Era una amazona maravillosa, y en una ocasión había competido con el viejo Lord Bilton en su poni dos veces alrededor del parque, ganando por un cuerpo y medio, justo delante de la estatua de Aquiles, para el enorme deleite del joven Duque de Cheshire, que se declaró a ella en el acto, y fue enviado de vuelta a Eton esa misma noche por sus tutores, en un torrente de lágrimas. Después de Virginia venían los mellizos, a los que solían llamar «La estrella y las rayas», ya que siempre estaban siendo zarandeados. Eran unos niños encantadores y, a excepción del digno Ministro, los únicos verdaderos republicanos de la familia.

"HAD ONCE RACED OLD LORD BILTON ON HER PONY"

«EN UNA OCASIÓN HABÍA COMPETIDO CON EL VIEJO LORD BILTON
EN SU PONI»

As Canterville Chase is seven miles from Ascot, the nearest railway station, Mr. Otis had telegraphed for a waggonette to meet them, and they started on their drive in high spirits. It was a lovely July evening, and the air was delicate with the scent of the pinewoods. Now and then they heard a wood-pigeon brooding over its own sweet voice, or saw, deep in the rustling fern, the burnished breast of the pheasant. Little squirrels peered at them from the beech-trees as they went by, and the rabbits scudded away through the brushwood and over the mossy knolls, with their white tails in the air. As they entered the avenue of Canterville Chase, however, the sky became suddenly overcast with clouds, a curious stillness seemed to hold the atmosphere, a great flight of rooks passed silently over their heads, and, before they reached the house, some big drops of rain had fallen.

Standing on the steps to receive them was an old woman, neatly dressed in black silk, with a white cap and apron. This was Mrs. Umney, the housekeeper, whom Mrs. Otis, at Lady Canterville's earnest request, had consented to keep in her former position. She made them each a low curtsey as they alighted, and said in a quaint, old-fashioned manner, "I bid you welcome to Canterville Chase." Following her, they passed through the fine Tudor hall into the library, a long, low room, panelled in black oak, at the end of which was a large stained glass window. Here they found tea laid out for them, and, after taking off their wraps, they sat down and began to look round, while Mrs. Umney waited on them.

Suddenly Mrs. Otis caught sight of a dull red stain on the floor just by the fireplace, and, quite unconscious of what it really signified, said to Mrs. Umney, "I am afraid something has been spilt there."

"Yes, madam," replied the old housekeeper in a low voice, "blood has been spilt on that spot."

"How horrid!" cried Mrs. Otis; "I don't at all care for blood-stains in a sitting-room. It must be removed at once."

Como Canterville Chase está a siete millas de Ascot, la estación de ferrocarril más cercana, el señor Otis había telegrafiado para que un coche descubierto los recibiera, y emprendieron el viaje con mucho ánimo. Era una hermosa tarde de julio y el aire estaba impregnado del aroma de los pinos. De vez en cuando oían a una paloma torcaz arrullando con su dulce voz, o veían, en lo más profundo del susurro de los helechos, el pecho bruñido del faisán. Las pequeñas ardillas les miraban desde los árboles de haya cuando pasaban, y los conejos se alejaban a través de los matorrales y sobre las lomas musgosas, con sus blancas colas en el aire. Sin embargo, cuando entraron en la avenida de Canterville Chase, el cielo se cubrió repentinamente de nubes, una curiosa quietud pareció dominar la atmósfera, un gran vuelo de grajos pasó silenciosamente por encima de sus cabezas y, antes de que llegaran a la casa, habían caído algunas gruesas gotas de lluvia.

De pie en los escalones para recibirlos había una mujer mayor, pulcramente vestida de seda negra, con gorro y delantal blancos. Era la señora Umney, el ama de llaves, a quien la señora Otis, a petición de Lady Canterville, había consentido en mantener en su antiguo puesto. Les hizo una reverencia a cada uno de ellos cuando bajaron y les dijo, de forma pintoresca y anticuada: «Les doy la bienvenida a Canterville Chase». Siguiéndola, atravesaron el bonito salón Tudor y entraron en la biblioteca, una sala larga y baja, con paneles de roble negro, al final de la cual había un gran ventanal de cristales. Allí encontraron el té preparado para ellos y, tras quitarse los abrigos, se sentaron y comenzaron a mirar a su alrededor, mientras la señora Umney los atendía.

De repente, la señora Otis divisó una mancha roja y opaca en el suelo, justo al lado de la chimenea, y, bastante inconsciente de lo que realmente significaba, le dijo a la señora Umney: «Me temo que se ha derramado algo ahí».

«Sí, señora», respondió la vieja ama de llaves en voz baja, «se ha derramado sangre en ese lugar».

«¡Qué horror!», gritó la señora Otis; «no me gustan nada las manchas de sangre en un salón. Hay que quitarla de inmediato».

"BLOOD HAS BEEN SPILLED ON THAT SPOT"

«SE HA DERRAMADO SANGRE EN ESE LUGAR»

The old woman smiled, and answered in the same low, mysterious voice, "It is the blood of Lady Eleanore de Canterville, who was murdered on that very spot by her own husband, Sir Simon de Canterville, in 1575. Sir Simon survived her nine years, and disappeared suddenly under very mysterious circumstances. His body has never been discovered, but his guilty spirit still haunts the Chase. The blood-stain has been much admired by tourists and others, and cannot be removed."

"That is all nonsense," cried Washington Otis; "Pinkerton's Champion Stain Remover and Paragon Detergent will clean it up in no time," and before the terrified housekeeper could interfere, he had fallen upon his knees, and was rapidly scouring the floor with a small stick of what looked like a black cosmetic. In a few moments no trace of the blood-stain could be seen.

"I knew Pinkerton would do it," he exclaimed, triumphantly, as he looked round at his admiring family; but no sooner had he said these words than a terrible flash of lightning lit up the sombre room, a fearful peal of thunder made them all start to their feet, and Mrs. Umney fainted.

"What a monstrous climate!" said the American Minister, calmly, as he lit a long cheroot. "I guess the old country is so overpopulated that they have not enough decent weather for everybody. I have always been of opinion that emigration is the only thing for England."

"My dear Hiram," cried Mrs. Otis, "what can we do with a woman who faints?"

"Charge it to her like breakages," answered the Minister; "she won't faint after that;" and in a few moments Mrs. Umney certainly came to. There was no doubt, however, that she was extremely upset, and she sternly warned Mr. Otis to beware of some trouble coming to the house.

"I have seen things with my own eyes, sir," she said, "that would make any Christian's hair stand on end, and many and many a night I have not closed my eyes in sleep for the awful things that are done

La anciana sonrió y respondió con la misma voz baja y misteriosa, «es la sangre de Lady Eleanore de Canterville, que fue asesinada en ese mismo lugar por su propio marido, Sir Simon de Canterville, en 1575. Sir Simon le sobrevivió nueve años y desapareció repentinamente en circunstancias muy misteriosas. Su cuerpo nunca ha sido descubierto, pero su espíritu culpable sigue rondando por Chase. La mancha de sangre ha sido muy admirada por los turistas y por otros, y no puede ser eliminada».

«Eso es una tontería», gritó Washington Otis; «el quitamanchas Champion de Pinkerton y el detergente Paragon lo limpiarán en un santiamén», y antes de que la aterrorizada ama de llaves pudiera intervenir, él se había puesto de rodillas y estaba fregando rápidamente el suelo con un pequeño palo de lo que parecía un cosmético negro. En unos instantes no se veía ni rastro de la mancha de sangre.

«Sabía que Pinkerton lo haría», exclamó triunfante, mientras miraba a su familia que lo estaba admirando; pero apenas dijo estas palabras, un terrible relámpago iluminó la sombría sala, un temible trueno hizo que todos se pusieran en pie y la señora Umney se desmayó.

«¡Qué clima tan monstruoso!», dijo el Ministro de los Estados Unidos de América, con calma, mientras encendía un largo cigarro. «Supongo que el viejo país está tan superpoblado que no tienen suficiente clima decente para todos. Siempre he sido de la opinión de que la emigración es la única opción para Inglaterra».

«Mi querido Hiram», gritó la señora Otis, «¿qué podemos hacer con una mujer que se desmaya?».

«Descuéntale el tiempo de su salario», respondió el Ministro; «no se desmayará después de eso»; y en unos momentos la señora Umney volvió ciertamente a la conciencia. Sin embargo, no cabía duda de que estaba sumamente alterada, y advirtió severamente al señor Otis que estuviera atento a la llegada de un problema a la casa.

«He visto cosas con mis propios ojos, señor», dijo ella, «que pondrían los pelos de punta a cualquier cristiano, y muchas, muchas noches no he podido cerrar los ojos y dormir a causa de las cosas horribles que

here." Mr. Otis, however, and his wife warmly assured the honest soul that they were not afraid of ghosts, and, after invoking the blessings of Providence on her new master and mistress, and making arrangements for an increase of salary, the old housekeeper tottered off to her own room.

ocurren aquí». El señor Otis, sin embargo, y su esposa aseguraron calurosamente a la honesta alma que no temían a los fantasmas, y, después de invocar las bendiciones de la Providencia sobre su nuevo amo y señora, y de hacer arreglos para un aumento de salario, la vieja ama de llaves se fue tambaleando a su propia habitación.

II

The storm raged fiercely all that night, but nothing of particular note occurred. The next morning, however, when they came down to breakfast, they found the terrible stain of blood once again on the floor. "I don't think it can be the fault of the Paragon Detergent," said Washington, "for I have tried it with everything. It must be the ghost." He accordingly rubbed out the stain a second time, but the second morning it appeared again. The third morning also it was there, though the library had been locked up at night by Mr. Otis himself, and the key carried up-stairs. The whole family were now quite interested; Mr. Otis began to suspect that he had been too dogmatic in his denial of the existence of ghosts, Mrs. Otis expressed her intention of joining the Psychical Society, and Washington prepared a long letter to Messrs. Myers and Podmore on the subject of the Permanence of Sanguineous Stains when connected with Crime. That night all doubts about the objective existence of phantasmata were removed for ever.

The day had been warm and sunny; and, in the cool of the evening, the whole family went out to drive. They did not return home till nine o'clock, when they had a light supper. The conversation in no way turned upon ghosts, so there were not even those primary conditions of receptive expectations which so often precede the presentation of psychical phenomena. The subjects discussed, as I have since learned from Mr. Otis, were merely such as form the ordinary conversation of cultured Americans of the better class, such as the immense superiority of Miss Fanny Devonport over Sarah Bernhardt as an actress; the difficulty of obtaining green corn, buckwheat cakes, and hominy, even in the best English houses; the importance of Boston in the development of the world-soul; the advantages of the baggage-check system in railway travelling; and the sweetness of the New York accent as compared to the London drawl. No mention at all was made of the supernatural, nor was Sir Simon de Canterville alluded to in any way. At eleven o'clock the family retired, and by half-past all the lights were out. Some time after, Mr. Otis was awakened by a curious noise in the corridor, outside his room. It sounded like the clank of metal, and seemed to be coming nearer every moment. He got up at once, struck a match, and looked at the time. It was exactly one o'clock. He was quite calm, and felt his pulse, which was not

II

La tormenta arreció ferozmente toda esa noche, pero no ocurrió nada de importancia. A la mañana siguiente, sin embargo, cuando bajaron a desayunar, encontraron de nuevo la terrible mancha de sangre en el suelo. «No creo que pueda ser culpa del detergente Paragon», dijo Washington, «pues lo he probado con todo. Debe ser el fantasma». En consecuencia, frotó la mancha por segunda vez, pero a la mañana siguiente volvió a aparecer. La tercera mañana también estaba allí, aunque el propio señor Otis había cerrado la biblioteca por la noche y se había llevado la llave al piso de arriba. Toda la familia estaba ahora muy interesada; el señor Otis empezó a sospechar que había sido demasiado dogmático en su negación de la existencia de los fantasmas, la señora Otis expresó su intención de unirse a la Sociedad Psíquica, y Washington preparó una larga carta para los señores Myers y Podmore sobre el tema de «la Permanencia de las manchas sanguinolentas cuando están relacionadas con el crimen». Aquella noche se disiparon para siempre todas las dudas sobre la existencia objetiva de los fantasmas.

El día había sido cálido y soleado; y, al fresco de la tarde, toda la familia salió a dar un paseo en coche. No volvieron a casa hasta las nueve, cuando cenaron algo ligero. La conversación no giró en absoluto en torno a los fantasmas, por lo que ni siquiera se dieron esas condiciones primarias de expectativa receptiva que tan a menudo preceden a la presentación de fenómenos psíquicos. Los temas tratados, según he sabido posteriormente por el señor Otis, eran simplemente los que forman parte de la conversación ordinaria de los norteamericanos cultos de la mejor clase, como la inmensa superioridad de la señorita Fanny Devonport sobre Sarah Bernhardt como actriz; la dificultad de conseguir maíz verde, tortas de trigo sarraceno y sémola de maíz, incluso en las mejores casas inglesas; la importancia de Boston en el desarrollo del alma universal; las ventajas del sistema de control de equipaje en los viajes por ferrocarril; y la dulzura del acento de Nueva York en comparación con el desgarbo londinense. No se hizo mención alguna de lo sobrenatural, ni se aludió en modo alguno a Sir Simon de Canterville. A las once en punto la familia se retiró y a las once y media todas las luces estaban apagadas. Algún tiempo después, el señor Otis se despertó por un curioso ruido en el pasillo, fuera de su habitación. Sonaba como un ruido metálico y parecía acercarse cada vez más. Se levantó inmediatamente, encendió una cerilla y miró la hora. Era exactamente la una.

at all feverish. The strange noise still continued, and with it he heard distinctly the sound of footsteps. He put on his slippers, took a small oblong phial out of his dressing-case, and opened the door. Right in front of him he saw, in the wan moonlight, an old man of terrible aspect. His eyes were as red burning coals; long grey hair fell over his shoulders in matted coils; his garments, which were of antique cut, were soiled and ragged, and from his wrists and ankles hung heavy manacles and rusty gyves.

"My dear sir," said Mr. Otis, "I really must insist on your oiling those chains, and have brought you for that purpose a small bottle of the Tammany Rising Sun Lubricator. It is said to be completely efficacious upon one application, and there are several testimonials to that effect on the wrapper from some of our most eminent native divines. I shall leave it here for you by the bedroom candles, and will be happy to supply you with more, should you require it." With these words the United States Minister laid the bottle down on a marble table, and, closing his door, retired to rest.

For a moment the Canterville ghost stood quite motionless in natural indignation; then, dashing the bottle violently upon the polished floor, he fled down the corridor, uttering hollow groans, and emitting a ghastly green light. Just, however, as he reached the top of the great oak staircase, a door was flung open, two little white-robed figures appeared, and a large pillow whizzed past his head! There was evidently no time to be lost, so, hastily adopting the Fourth dimension of Space as a means of escape, he vanished through the wainscoting, and the house became quite quiet.

On reaching a small secret chamber in the left wing, he leaned up against a moonbeam to recover his breath, and began to try and realize his position. Never, in a brilliant and uninterrupted career of three hundred years, had he been so grossly insulted. He thought of the Dowager Duchess, whom he had frightened into a fit as she stood before the glass in her lace and diamonds; of the four housemaids, who had gone into hysterics when he merely grinned at them through the curtains on one of the spare bedrooms; of the rector of the parish, whose candle he had blown out as he was coming late one night from the library, and who had been under the care of Sir Wil-

Él estaba tranquilo y se tomó el pulso, no tenía fiebre. El extraño ruido continuaba, y con él oyó claramente el ruido de pasos. Se puso las zapatillas, sacó una pequeña ampolla oblonga de su neceser y abrió la puerta. Justo delante de él vio, a la débil luz de la luna, a un anciano de aspecto terrible. Tenía los ojos rojos como carbones encendidos; el pelo largo y gris le caía sobre los hombros en mechones enmarañados; sus ropas, de corte antiguo, estaban sucias y harapientas, y de las muñecas y los tobillos le colgaban pesados grilletes y oxidados guanteletes.

«Mi querido señor», dijo el señor Otis, «realmente debo insistir en que engrase esas cadenas, y para ello le he traído una botellita del Lubricante Sol Naciente de Tammany. Se dice que es completamente eficaz con una sola aplicación, y hay varios testimonios en el envoltorio de algunos de nuestros más eminentes sacerdotes nativos. Se la dejaré aquí, junto a las velas del dormitorio, y estaré encantado de proporcionarle más si lo necesita». Con estas palabras, el Ministro de los Estados Unidos de América depositó la botella sobre una mesa de mármol y, cerrando la puerta, se retiró a descansar.

Por un momento, el fantasma de Canterville permaneció inmóvil con natural indignación; luego, arrojando violentamente la botella contra el suelo pulido, huyó por el corredor, profiriendo gemidos cavernosos y emitiendo una luz verde sobrenatural. Sin embargo, justo cuando llegaba a lo alto de la gran escalera de roble, una puerta se abrió de par en par, aparecieron dos pequeñas figuras vestidas de blanco y una gran almohada pasó silbando junto a su cabeza. Evidentemente, no había tiempo que perder, así que, adoptando apresuradamente la Cuarta Dimensión del Espacio como medio de escape, desapareció a través del revestimiento de madera, y la casa quedó en silencio.

Al llegar a una pequeña cámara secreta en el ala izquierda, se apoyó contra un rayo de luna para recobrar el aliento, y empezó a tratar de reflexionar acerca de su posición. Nunca, en una brillante e ininterrumpida carrera de trescientos años, había sido tan groseramente insultado. Pensó en la Duquesa Viuda, a la que había asustado hasta provocar un colapso cuando se encontraba ante el espejo con sus encajes y diamantes; en las cuatro criadas, que se habían puesto histéricas cuando él se limitó a sonreírles a través de las cortinas de uno de los dormitorios de invitados; en el rector de la parroquia, cuya vela había apagado cuando llegaba tarde una noche de la biblioteca, y que desde entonces

liam Gull ever since, a perfect martyr to nervous disorders; and of old Madame de Tremouillac, who, having wakened up one morning early and seen a skeleton seated in an armchair by the fire reading her diary, had been confined to her bed for six weeks with an attack of brain fever, and, on her recovery, had become reconciled to the Church, and broken off her connection with that notorious sceptic, Monsieur de Voltaire. He remembered the terrible night when the wicked Lord Canterville was found choking in his dressing-room, with the knave of diamonds half-way down his throat, and confessed, just before he died, that he had cheated Charles James Fox out of £50,000 at Crockford's by means of that very card, and swore that the ghost had made him swallow it. All his great achievements came back to him again, from the butler who had shot himself in the pantry because he had seen a green hand tapping at the window-pane, to the beautiful Lady Stutfield, who was always obliged to wear a black velvet band round her throat to hide the mark of five fingers burnt upon her white skin, and who drowned herself at last in the carp-pond at the end of the King's Walk. With the enthusiastic egotism of the true artist, he went over his most celebrated performances, and smiled bitterly to himself as he recalled to mind his last appearance as "Red Reuben, or the Strangled Babe," his *début* as "Guant Gibeon, the Blood-sucker of Bexley Moor," and the *furore* he had excited one lovely June evening by merely playing ninepins with his own bones upon the lawn-tennis ground. And after all this some wretched modern Americans were to come and offer him the Rising Sun Lubricator, and throw pillows at his head! It was quite unbearable. Besides, no ghost in history had ever been treated in this manner. Accordingly, he determined to have vengeance, and remained till daylight in an attitude of deep thought.

había estado bajo el cuidado de Sir William Gull, un perfecto mártir de los trastornos nerviosos; y de la vieja Madame de Tremouillac, que, tras despertarse una mañana temprano y ver un esqueleto sentado en un sillón junto al fuego leyendo su diario, había permanecido confinada en su cama durante seis semanas con un ataque de fiebre cerebral y, al recuperarse, se había reconciliado con la Iglesia y había roto su relación con ese notorio escéptico, Monsieur de Voltaire. Recordó la terrible noche en que encontraron al malvado Lord Canterville ahogándose en su camerino, con la jota de diamantes a medio camino de la garganta, y confesó, justo antes de morir, que había estafado a Charles James Fox por cincuenta mil libras en Crockford's por medio de esa misma carta, y juró que el fantasma se la había hecho tragar. Todos sus grandes logros volvieron a su memoria, desde el mayordomo que se había pegado un tiro en la despensa porque había visto una mano verde golpeando el cristal de la ventana, hasta la hermosa Lady Stutfield, que se vio obligada a llevar permanentemente una cinta de terciopelo negro alrededor de la garganta para ocultar la marca de cinco dedos quemados en su blanca piel, y que al final se ahogó en el estanque de las carpas al final del Paseo del Rey. Con el egoísmo entusiasta del verdadero artista, repasó sus actuaciones más célebres, y sonrió amargamente para sus adentros al recordar su última aparición como «Rubén el Rojo, o el Bebé Estrangulado», su debut como «Gibeón el Flaco, el Vampiro del Páramo de Bexley», y el furor que había provocado una encantadora tarde de junio por el mero hecho de jugar a los nueve bolos con sus propios huesos en el campo de tenis sobre césped. Y después de todo esto, unos desgraciados norteamericanos modernos iban a venir a ofrecerle el Lubricante Sol Naciente y a tirarle almohadas a la cabeza. Era insoportable. Además, ningún fantasma en la historia había sido tratado de esa manera. En consecuencia, decidió vengarse, y permaneció hasta el amanecer en actitud de profunda reflexión.

"I REALLY MUST INSIST ON YOUR OILING THOSE CHAINS"

«REALMENTE DEBO INSISTIR EN QUE ENGRASE ESAS CADENAS»

The next morning, when the Otis family met at breakfast, they discussed the ghost at some length. The United States Minister was naturally a little annoyed to find that his present had not been accepted. "I have no wish," he said, "to do the ghost any personal injury, and I must say that, considering the length of time he has been in the house, I don't think it is at all polite to throw pillows at him,"—a very just remark, at which, I am sorry to say, the twins burst into shouts of laughter. "Upon the other hand," he continued, "if he really declines to use the Rising Sun Lubricator, we shall have to take his chains from him. It would be quite impossible to sleep, with such a noise going on outside the bedrooms."

For the rest of the week, however, they were undisturbed, the only thing that excited any attention being the continual renewal of the blood-stain on the library floor. This certainly was very strange, as the door was always locked at night by Mr. Otis, and the windows kept closely barred. The chameleon-like colour, also, of the stain excited a good deal of comment. Some mornings it was a dull (almost Indian) red, then it would be vermilion, then a rich purple, and once when they came down for family prayers, according to the simple rites of the Free American Reformed Episcopalian Church, they found it a bright emerald-green. These kaleidoscopic changes naturally amused the party very much, and bets on the subject were freely made every evening. The only person who did not enter into the joke was little Virginia, who, for some unexplained reason, was always a good deal distressed at the sight of the blood-stain, and very nearly cried the morning it was emerald-green.

The second appearance of the ghost was on Sunday night. Shortly after they had gone to bed they were suddenly alarmed by a fearful crash in the hall. Rushing down-stairs, they found that a large suit of old armour had become detached from its stand, and had fallen on the stone floor, while seated in a high-backed chair was the Canterville ghost, rubbing his knees with an expression of acute agony on his face. The twins, having brought their pea-shooters with them, at once discharged two pellets on him, with that accuracy of aim which can only be attained by long and careful practice on a writing-master, while the United States Minister covered him with his revolver, and

A la mañana siguiente, cuando la familia Otis se reunió para desayunar, hablaron largo y tendido sobre el fantasma. Naturalmente, el Ministro de los Estados Unidos de América se sintió un poco molesto al ver que su regalo no había sido aceptado. «No tengo ningún deseo», dijo, «de hacerle ningún daño personal al fantasma, y debo decir que, teniendo en cuenta el tiempo que lleva en la casa, no creo que sea nada cortés tirarle almohadas»... una observación muy justa, ante la cual, siento decirlo, los mellizos estallaron en carcajadas. «Por otra parte», continuó, «si realmente se niega a usar el Lubricante Sol Naciente, tendremos que quitarle las cadenas. De lo contrario, será imposible dormir con tanto ruido fuera de las habitaciones».

Sin embargo, durante el resto de la semana no fueron molestados, y lo único que les llamó la atención fue la continua renovación de la mancha de sangre en el suelo de la biblioteca. Esto era ciertamente muy extraño, ya que el señor Otis siempre cerraba la puerta con llave por la noche y bloqueaba las ventanas con barrotes. Además, el color camaleónico de la mancha suscitó muchos comentarios. Algunas mañanas era de un rojo apagado (casi índigo), luego bermellón, después púrpura intenso, y una vez, cuando bajaron para las oraciones familiares, según los sencillos ritos de la Iglesia Episcopal Reformada Libre Americana, lo encontraron de un brillante verde esmeralda. Naturalmente, estos cambios caleidoscópicos divertían mucho al grupo, y todas las noches se hacían apuestas sobre el tema. La única persona que no participaba en la broma era la pequeña Virginia, quien, por alguna razón inexplicable, siempre se angustiaba mucho al ver la mancha de sangre, y casi lloró la mañana en que tenía un color verde esmeralda.

La segunda aparición del fantasma tuvo lugar el domingo por la noche. Poco después de acostarse, se alarmaron de repente al oír un ruido espantoso en el vestíbulo. Bajaron corriendo las escaleras y descubrieron que una gran armadura antigua se había desprendido de su soporte y había caído sobre el suelo de piedra, mientras que sentado en una silla de respaldo alto estaba el fantasma de Canterville, frotándose las rodillas con una expresión de aguda agonía en el rostro. Los mellizos, que habían traído sus cerbatanas, descargaron dos perdigones sobre él, con esa precisión y puntería que sólo puede alcanzarse mediante una larga y cuidadosa práctica con un maestro de escritura, mientras el Ministro

called upon him, in accordance with Californian etiquette, to hold up his hands! The ghost started up with a wild shriek of rage, and swept through them like a mist, extinguishing Washington Otis's candle as he passed, and so leaving them all in total darkness. On reaching the top of the staircase he recovered himself, and determined to give his celebrated peal of demoniac laughter. This he had on more than one occasion found extremely useful. It was said to have turned Lord Raker's wig grey in a single night, and had certainly made three of Lady Canterville's French governesses give warning before their month was up. He accordingly laughed his most horrible laugh, till the old vaulted roof rang and rang again, but hardly had the fearful echo died away when a door opened, and Mrs. Otis came out in a light blue dressing-gown. "I am afraid you are far from well," she said, "and have brought you a bottle of Doctor Dobell's tincture. If it is indigestion, you will find it a most excellent remedy." The ghost glared at her in fury, and began at once to make preparations for turning himself into a large black dog, an accomplishment for which he was justly renowned, and to which the family doctor always attributed the permanent idiocy of Lord Canterville's uncle, the Hon. Thomas Horton. The sound of approaching footsteps, however, made him hesitate in his fell purpose, so he contented himself with becoming faintly phosphorescent, and vanished with a deep churchyard groan, just as the twins had come up to him.

On reaching his room he entirely broke down, and became a prey to the most violent agitation. The vulgarity of the twins, and the gross materialism of Mrs. Otis, were naturally extremely annoying, but what really distressed him most was that he had been unable to wear the suit of mail. He had hoped that even modern Americans would be thrilled by the sight of a Spectre in armour, if for no more sensible reason, at least out of respect for their natural poet Longfellow, over whose graceful and attractive poetry he himself had whiled away many a weary hour when the Cantervilles were up in town. Besides it was his own suit. He had worn it with great success at the Kenilworth tournament, and had been highly complimented on it by no less a person than the Virgin Queen herself. Yet when he had put it on, he had been completely overpowered by the weight of the huge breastplate and steel casque, and had fallen heavily on the stone pavement, barking both his knees severely, and bruising the knuckles of his right hand.

de los Estados Unidos de América lo cubría con su revólver y le pedía, de acuerdo con la etiqueta californiana, que levantara las manos. El fantasma se levantó con un salvaje grito de rabia y los atravesó como una niebla, apagando la vela de Washington Otis a su paso y dejándolos a todos en la más completa oscuridad. Al llegar a lo alto de la escalera se recuperó y decidió lanzar su célebre carcajada demoníaca. En más de una ocasión le había resultado extremadamente útil. Se decía que había encanecido la peluca de Lord Raker en una sola noche, y sin duda había hecho renunciar a tres de las institutrices francesas de Lady Canterville antes de que terminaran el mes. En consecuencia, soltó su risa más horrible, hasta que el viejo techo abovedado sonó y volvió a sonar, pero apenas se había apagado el temible eco cuando se abrió una puerta y salió la señora Otis en bata azul claro. «Me temo que no se encuentra nada bien», dijo, «y le he traído un frasco de tintura del Doctor Dobell. Si es indigestión, le parecerá un remedio excelente». El fantasma la fulminó con la mirada, furioso, y comenzó de inmediato a hacer los preparativos para convertirse en un gran perro negro, un logro por el que era justamente famoso y al que el médico de la familia atribuía siempre la permanente idiotez del tío de Lord Canterville, el Honorable Thomas Horton. Sin embargo, el sonido de unos pasos que se acercaban le hizo vacilar en su malvado propósito, así que se contentó con volverse débilmente fosforescente y desapareció con un profundo gemido sepulcral, justo cuando los mellizos habían llegado hasta él.

Al llegar a su habitación se derrumbó por completo y fue presa de la más violenta agitación. La vulgaridad de los mellizos y el grosero materialismo de la señora Otis eran, naturalmente, muy molestos, pero lo que más le afligía era no haber podido ponerse la cota de malla. Esperaba que incluso los norteamericanos modernos se sintieran emocionados ante la visión de un espectro con armadura, si no por una razón más sensata, al menos por respeto a su poeta natural, Longfellow, con cuya graciosa y atractiva poesía él mismo había pasado muchas horas en vela cuando los Canterville estaban en la ciudad. Además, era su propia armadura. La había lucido con gran éxito en el torneo de Kenilworth, y había recibido grandes elogios nada menos que de la propia Reina Virgen. Sin embargo, cuando se la había puesto, el peso de la enorme coraza y del yelmo de acero le había vencido por completo y había caído pesadamente sobre el suelo de piedra, produciéndose un fuerte crujido en ambas rodillas y magulladuras en los nudillos de la mano derecha.

"THE TWINS ... AT ONCE DISCHARGED TWO PELLETS ON HIM"

«LOS MELLIZOS... DESCARGARON DOS PERDIGONES SOBRE ÉL»

For some days after this he was extremely ill, and hardly stirred out of his room at all, except to keep the blood-stain in proper repair. However, by taking great care of himself, he recovered, and resolved to make a third attempt to frighten the United States Minister and his family. He selected Friday, August 17th, for his appearance, and spent most of that day in looking over his wardrobe, ultimately deciding in favour of a large slouched hat with a red feather, a winding-sheet frilled at the wrists and neck, and a rusty dagger. Towards evening a violent storm of rain came on, and the wind was so high that all the windows and doors in the old house shook and rattled. In fact, it was just such weather as he loved. His plan of action was this. He was to make his way quietly to Washington Otis's room, gibber at him from the foot of the bed, and stab himself three times in the throat to the sound of low music. He bore Washington a special grudge, being quite aware that it was he who was in the habit of removing the famous Canterville blood-stain by means of Pinkerton's Paragon Detergent. Having reduced the reckless and foolhardy youth to a condition of abject terror, he was then to proceed to the room occupied by the United States Minister and his wife, and there to place a clammy hand on Mrs. Otis's forehead, while he hissed into her trembling husband's ear the awful secrets of the charnel-house. With regard to little Virginia, he had not quite made up his mind. She had never insulted him in any way, and was pretty and gentle. A few hollow groans from the wardrobe, he thought, would be more than sufficient, or, if that failed to wake her, he might grabble at the counterpane with palsy-twitching fingers. As for the twins, he was quite determined to teach them a lesson. The first thing to be done was, of course, to sit upon their chests, so as to produce the stifling sensation of nightmare. Then, as their beds were quite close to each other, to stand between them in the form of a green, icy-cold corpse, till they became paralyzed with fear, and finally, to throw off the winding-sheet, and crawl round the room, with white, bleached bones and one rolling eyeball, in the character of "Dumb Daniel, or the Suicide's Skeleton," a *rôle* in which he had on more than one occasion produced a great effect, and which he considered quite equal to his famous part of "Martin the Maniac, or the Masked Mystery."

Durante algunos días después de esto estuvo extremadamente enfermo, y apenas salía de su habitación, excepto para mantener la mancha de sangre en buen estado. Sin embargo, cuidando mucho de sí mismo, se recuperó, y resolvió hacer un tercer intento de asustar al Ministro de los Estados Unidos de América y a su familia. Eligió el viernes 17 de agosto para su aparición, y pasó la mayor parte de ese día revisando su vestuario, decidiéndose finalmente por un gran sombrero inclinado con una pluma roja, un sudario con volantes en las muñecas y el cuello, y una daga oxidada. Hacia el atardecer se desató una violenta tormenta, y el viento era tan fuerte que todas las ventanas y puertas de la vieja casa temblaban y vibraban. De hecho, era el tiempo que a él le gustaba. Su plan de acción era el siguiente. Debía dirigirse silenciosamente a la habitación de Washington Otis, balbucearle desde los pies de la cama y apuñalarse tres veces en la garganta al son de una música baja. Le guardaba un rencor especial a Washington, pues sabía perfectamente que era él quien tenía la costumbre de eliminar la famosa mancha de sangre de Canterville con el detergente Paragon de Pinkerton. Habiendo reducido al imprudente y temerario joven a una condición de terror abyecto, se dirigiría entonces a la habitación ocupada por el Ministro de los Estados Unidos de América y su esposa, y allí pondría una mano viscosa sobre la frente de la señora Otis, mientras siseaba al oído de su tembloroso marido los horribles secretos del osario. En cuanto a la pequeña Virginia, aún no había tomado una decisión. Ella nunca lo había insultado de ninguna manera, y era bonita y amable. Pensó que unos gemidos cavernosos desde el armario serían más que suficientes o, si eso no conseguía despertarla, podría aferrar el cubrecama con dedos paralíticos. En cuanto a los mellizos, estaba decidido a darles una lección. Lo primero que había que hacer era, por supuesto, sentarse sobre sus pechos, para producir la sofocante sensación de pesadilla. Luego, como sus camas estaban muy cerca la una de la otra, se colocaría entre ellas en forma de cadáver verde y helado, hasta que se paralizaran de miedo y, finalmente, tiraría la sábana y se arrastraría por la habitación, con los huesos blancos y descoloridos y un globo ocular rodante, en el personaje de «Daniel el Mudo, o el Esqueleto del Suicida», un papel en el que en más de una ocasión había producido un gran efecto, y que consideraba igual a su famoso papel de «Martin el Maníaco, o el Misterio de la Máscara».

"ITS HEAD WAS BALD AND BURNISHED"

«SU CABEZA ERA CALVA Y BRUÑIDA»

At half-past ten he heard the family going to bed. For some time he was disturbed by wild shrieks of laughter from the twins, who, with the light-hearted gaiety of schoolboys, were evidently amusing themselves before they retired to rest, but at a quarter-past eleven all was still, and, as midnight sounded, he sallied forth. The owl beat against the window-panes, the raven croaked from the old yew-tree, and the wind wandered moaning round the house like a lost soul; but the Otis family slept unconscious of their doom, and high above the rain and storm he could hear the steady snoring of the Minister for the United States. He stepped stealthily out of the wainscoting, with an evil smile on his cruel, wrinkled mouth, and the moon hid her face in a cloud as he stole past the great oriel window, where his own arms and those of his murdered wife were blazoned in azure and gold. On and on he glided, like an evil shadow, the very darkness seeming to loathe him as he passed. Once he thought he heard something call, and stopped; but it was only the baying of a dog from the Red Farm, and he went on, muttering strange sixteenth-century curses, and ever and anon brandishing the rusty dagger in the midnight air. Finally he reached the corner of the passage that led to luckless Washington's room. For a moment he paused there, the wind blowing his long grey locks about his head, and twisting into grotesque and fantastic folds the nameless horror of the dead man's shroud. Then the clock struck the quarter, and he felt the time was come. He chuckled to himself, and turned the corner; but no sooner had he done so than, with a piteous wail of terror, he fell back, and hid his blanched face in his long, bony hands. Right in front of him was standing a horrible spectre, motionless as a carven image, and monstrous as a madman's dream! Its head was bald and burnished; its face round, and fat, and white; and hideous laughter seemed to have writhed its features into an eternal grin. From the eyes streamed rays of scarlet light, the mouth was a wide well of fire, and a hideous garment, like to his own, swathed with its silent snows the Titan form. On its breast was a placard with strange writing in antique characters, some scroll of shame it seemed, some record of wild sins, some awful calendar of crime, and, with its right hand, it bore aloft a falchion of gleaming steel.

Never having seen a ghost before, he naturally was terribly frightened, and, after a second hasty glance at the awful phantom, he fled back to his room, tripping up in his long winding-sheet as he sped

A las diez y media oyó que la familia se iba a la cama. Durante algún tiempo le molestaron los gritos de risa de los mellizos, que, con la alegría despreocupada de los colegiales, se divertían antes de irse a descansar, pero a las once y cuarto todo estaba en calma y, cuando sonó la medianoche, salió. El búho golpeaba contra los cristales de las ventanas, el cuervo graznaba desde el viejo tejo y el viento vagaba gimiendo alrededor de la casa como un alma perdida; pero la familia Otis dormía inconsciente de su destino, y por encima de la lluvia y la tormenta podía oírse el ronquido constante del Ministro de los Estados Unidos de América. Él salió sigilosamente del revestimiento, con una sonrisa maligna en su boca cruel y arrugada, y la luna ocultó su rostro en una nube cuando pasó junto a la gran ventana del mirador, donde sus propias armas y las de su esposa asesinada estaban blasonadas en azur y oro. Siguió deslizándose como una sombra maligna, y la oscuridad parecía repugnarle a su paso. Una vez creyó oír que algo lo llamaba y se detuvo; pero sólo era el aullido de un perro de la Granja Roja, y siguió adelante, murmurando extrañas maldiciones del siglo XVI y blandiendo una y otra vez la daga oxidada en el aire de la medianoche. Finalmente llegó a la esquina del pasadizo que conducía a la habitación del desafortunado Washington. Durante un momento se detuvo allí, con el viento agitando sus largos mechones grises alrededor de la cabeza y retorciendo en pliegues grotescos y fantásticos el horror sin nombre de la mortaja del muerto. Entonces el reloj dio las menos cuarto y sintió que había llegado la hora. Se rió para sus adentros y dobló la esquina; pero no bien lo hubo hecho, con un gemido lastimero de terror, cayó de espaldas y ocultó su rostro blanqueado entre sus largas y huesudas manos. Justo delante de él se alzaba un espectro horrible, inmóvil como una imagen tallada y monstruoso como el sueño de un loco. Su cabeza era calva y bruñida; su cara redonda, gorda y blanca; y una horrible risa parecía haber retorcido sus rasgos en una eterna mueca. De los ojos brotaban rayos de luz escarlata, la boca era un ancho pozo de fuego, y una horrible vestidura, como la suya propia, envolvía con sus nieves silenciosas la forma del Titán. En su pecho había un cartel con extrañas inscripciones en caracteres antiguos, algún pergamino de vergüenza, algún registro de pecados salvajes, algún horrible calendario de crímenes, y, con su mano derecha, alzaba un bracamarte de reluciente acero.

Como nunca antes había visto un fantasma, se asustó terriblemente y, tras echar una segunda mirada apresurada al espantoso espectro, huyó de vuelta a su habitación, tropezando con su largo sudario mien-

down the corridor, and finally dropping the rusty dagger into the Minister's jack-boots, where it was found in the morning by the butler. Once in the privacy of his own apartment, he flung himself down on a small pallet-bed, and hid his face under the clothes. After a time, however, the brave old Canterville spirit asserted itself, and he determined to go and speak to the other ghost as soon as it was daylight. Accordingly, just as the dawn was touching the hills with silver, he returned towards the spot where he had first laid eyes on the grisly phantom, feeling that, after all, two ghosts were better than one, and that, by the aid of his new friend, he might safely grapple with the twins. On reaching the spot, however, a terrible sight met his gaze. Something had evidently happened to the spectre, for the light had entirely faded from its hollow eyes, the gleaming falchion had fallen from its hand, and it was leaning up against the wall in a strained and uncomfortable attitude. He rushed forward and seized it in his arms, when, to his horror, the head slipped off and rolled on the floor, the body assumed a recumbent posture, and he found himself clasping a white dimity bed-curtain, with a sweeping-brush, a kitchen cleaver, and a hollow turnip lying at his feet! Unable to understand this curious transformation, he clutched the placard with feverish haste, and there, in the grey morning light, he read these fearful words:—

YE OTIS GHOSTE

Ye Onlie True and Originale Spook,
Beware of Ye Imitationes.
All others are counterfeite.

The whole thing flashed across him. He had been tricked, foiled, and out-witted! The old Canterville look came into his eyes; he ground his toothless gums together; and, raising his withered hands high above his head, swore according to the picturesque phraseology of the antique school, that, when Chanticleer had sounded twice his merry horn, deeds of blood would be wrought, and murder walk abroad with silent feet.

Hardly had he finished this awful oath when, from the red-tiled roof of a distant homestead, a cock crew. He laughed a long, low, bitter laugh, and waited. Hour after hour he waited, but the cock, for some strange reason, did not crow again. Finally, at half-past seven,

tras corría por el pasillo y, finalmente, dejando caer la daga oxidada en las botas del Ministro, donde fue encontrada por la mañana por el mayordomo. Una vez en la intimidad de su apartamento, se tumbó en un pequeño camastro y escondió la cara bajo la ropa. Al cabo de un rato, sin embargo, el viejo y valiente espíritu de Canterville se reafirmó, y decidió ir a hablar con el otro fantasma en cuanto se hiciera de día. En consecuencia, justo cuando el alba cubría de plata las colinas, regresó al lugar donde había visto por primera vez al espantoso espectro, pensando que, después de todo, dos fantasmas eran mejor que uno y que, con la ayuda de su nuevo amigo, podría enfrentarse sin peligro a los mellizos. Al llegar al lugar, sin embargo, su mirada se encontró con un espectáculo terrible. Evidentemente, algo le había sucedido al espectro, pues la luz se había desvanecido por completo de sus ojos huecos, el brillante bracamarte se le había caído de la mano y estaba apoyado contra la pared en una actitud tensa e incómoda. Se precipitó hacia adelante y lo cogió en sus brazos, cuando, para su horror, la cabeza se desprendió y rodó por el suelo, el cuerpo adoptó una postura yacente y se encontró abrazado a una cortina gruesa de algodón, con una escoba, una cuchilla de cocina y un nabo hueco a sus pies. Incapaz de comprender esta curiosa transformación, agarró la pancarta con prisa febril, y allí, a la luz gris de la mañana, leyó estas temibles palabras:

EL FANTASMA DE LOS OTIS

El único fantasma verdadero y original,
Cuidado con las imitaciones.
Todos los demás son falsificaciones.

En un momento se dio cuenta de la situación. Había sido engañado, frustrado y burlado. La vieja mirada de Canterville apareció en sus ojos; rechinó sus encías desdentadas; y, levantando sus manos marchitas por encima de su cabeza, juró según la pintoresca fraseología de la escuela antigua, que, cuando Chanticleer hubiera tocado dos veces su alegre cuerno, se llevarían a cabo hechos de sangre, y el asesinato caminaría por todas partes con pies silenciosos.

Apenas había terminado este horrible juramento cuando, desde el tejado de tejas rojas de una lejana granja, cantó un gallo. Soltó una carcajada larga, grave y amarga, y esperó. Hora tras hora esperó, pero el gallo, por alguna extraña razón, no volvió a cantar. Finalmente, a las siete y

the arrival of the housemaids made him give up his fearful vigil, and he stalked back to his room, thinking of his vain oath and baffled purpose. There he consulted several books of ancient chivalry, of which he was exceedingly fond, and found that, on every occasion on which this oath had been used, Chanticleer had always crowed a second time. "Perdition seize the naughty fowl," he muttered, "I have seen the day when, with my stout spear, I would have run him through the gorge, and made him crow for me an 'twere in death!" He then retired to a comfortable lead coffin, and stayed there till evening.

media, la llegada de las criadas le hizo abandonar su temible vigilia, y regresó a su habitación, pensando en su vano juramento y en su propósito frustrado. Allí consultó varios libros de caballería antigua, a los que era muy aficionado, y descubrió que, en todas las ocasiones en que se había utilizado este juramento, Chanticleer siempre había cacareado por segunda vez. «¡Que la perdición se apodere de la maldita ave!», murmuró, «¡he visto el día en que, con mi robusta lanza, le habría hecho correr por el desfiladero, y le habría hecho cacarear para mí aunque fuera en la muerte!». Luego se retiró a un cómodo ataúd de plomo, y permaneció allí hasta la noche.

"HE MET WITH A SEVERE FALL"

«SUFRIÓ UNA GRAVE CAÍDA»

The next day the ghost was very weak and tired. The terrible excitement of the last four weeks was beginning to have its effect. His nerves were completely shattered, and he started at the slightest noise. For five days he kept his room, and at last made up his mind to give up the point of the blood-stain on the library floor. If the Otis family did not want it, they clearly did not deserve it. They were evidently people on a low, material plane of existence, and quite incapable of appreciating the symbolic value of sensuous phenomena. The question of phantasmic apparitions, and the development of astral bodies, was of course quite a different matter, and really not under his control. It was his solemn duty to appear in the corridor once a week, and to gibber from the large oriel window on the first and third Wednesdays in every month, and he did not see how he could honourably escape from his obligations. It is quite true that his life had been very evil, but, upon the other hand, he was most conscientious in all things connected with the supernatural. For the next three Saturdays, accordingly, he traversed the corridor as usual between midnight and three o'clock, taking every possible precaution against being either heard or seen. He removed his boots, trod as lightly as possible on the old worm-eaten boards, wore a large black velvet cloak, and was careful to use the Rising Sun Lubricator for oiling his chains. I am bound to acknowledge that it was with a good deal of difficulty that he brought himself to adopt this last mode of protection. However, one night, while the family were at dinner, he slipped into Mr. Otis's bedroom and carried off the bottle. He felt a little humiliated at first, but afterwards was sensible enough to see that there was a great deal to be said for the invention, and, to a certain degree, it served his purpose. Still in spite of everything he was not left unmolested. Strings were continually being stretched across the corridor, over which he tripped in the dark, and on one occasion, while dressed for the part of "Black Isaac, or the Huntsman of Hogley Woods," he met with a severe fall, through treading on a butter-slide, which the twins had constructed from the entrance of the Tapestry Chamber to the top of the oak staircase. This last insult so enraged him, that he resolved to make one final effort to assert his dignity and social position, and determined to visit the insolent young Etonians the next night in his celebrated character of "Reckless Rupert, or the Headless Earl."

IV

Al día siguiente el fantasma estaba muy débil y cansado. La terrible excitación de las últimas cuatro semanas empezaba a surtir efecto. Tenía los nervios destrozados y se sobresaltaba al menor ruido. Durante cinco días permaneció en su habitación, y por fin se decidió a renunciar a la cuestión de la mancha de sangre en el suelo de la biblioteca. Si la familia Otis no la quería, estaba claro que no se la merecía. Evidentemente, eran personas de un plano de existencia bajo y material, y bastante incapaces de apreciar el valor simbólico de los fenómenos sensuales. La cuestión de las apariciones fantasmales y el desarrollo de los cuerpos astrales era, por supuesto, un asunto muy diferente, y realmente no estaba bajo su control. Era su deber solemne aparecer en el corredor una vez a la semana, y farfullar desde el gran ventanal los primeros y terceros miércoles de cada mes, y no veía cómo podría escapar honorablemente de sus obligaciones. Es cierto que en su vida había habido muchas maldades, pero, por otra parte, era muy concienzudo en todo lo relacionado con lo sobrenatural. En consecuencia, durante los tres sábados siguientes recorrió el pasillo como de costumbre entre la medianoche y las tres, tomando todas las precauciones posibles para no ser visto ni oído. Se quitaba las botas, pisaba con la mayor ligereza posible las viejas tablas agusanadas, llevaba una gran capa de terciopelo negro y tenía cuidado de utilizar el Lubricante Sol Naciente para engrasar sus cadenas. Debo reconocer que le costó mucho adoptar este último modo de protección. Sin embargo, una noche, mientras la familia cenaba, se coló en el dormitorio del señor Otis y se llevó la botella. Al principio se sintió un poco humillado, pero después fue lo bastante sensato como para darse cuenta de que el invento tenía mucho mérito y, hasta cierto punto, servía a sus propósitos. A pesar de todo, no le dejaron tranquilo. Continuamente le tendían cuerdas por el pasillo, con las que tropezaba en la oscuridad, y en una ocasión, mientras estaba vestido para el papel de «Isaac el Negro, o el Cazador de los Bosques de Hogley», sufrió una grave caída al pisar un tobogán de mantequilla que los mellizos habían construido desde la entrada de la Cámara de los Tapices hasta lo alto de la escalera de roble. Este último insulto le enfureció tanto que decidió hacer un último esfuerzo para afirmar su dignidad y posición social, y decidió visitar a los insolentes jóvenes etonianos la noche siguiente en su célebre personaje de «Rupert el Imprudente, o el Conde sin Cabeza».

"A HEAVY JUG OF WATER FELL RIGHT DOWN ON HIM."

«UNA PESADA JARRA DE AGUA LE CAYÓ ENCIMA»

He had not appeared in this disguise for more than seventy years; in fact, not since he had so frightened pretty Lady Barbara Modish by means of it, that she suddenly broke off her engagement with the present Lord Canterville's grandfather, and ran away to Gretna Green with handsome Jack Castletown, declaring that nothing in the world would induce her to marry into a family that allowed such a horrible phantom to walk up and down the terrace at twilight. Poor Jack was afterwards shot in a duel by Lord Canterville on Wandsworth Common, and Lady Barbara died of a broken heart at Tunbridge Wells before the year was out, so, in every way, it had been a great success. It was, however an extremely difficult "make-up," if I may use such a theatrical expression in connection with one of the greatest mysteries of the supernatural, or, to employ a more scientific term, the higher-natural world, and it took him fully three hours to make his preparations. At last everything was ready, and he was very pleased with his appearance. The big leather riding-boots that went with the dress were just a little too large for him, and he could only find one of the two horse-pistols, but, on the whole, he was quite satisfied, and at a quarter-past one he glided out of the wainscoting and crept down the corridor. On reaching the room occupied by the twins, which I should mention was called the Blue Bed Chamber, on account of the colour of its hangings, he found the door just ajar. Wishing to make an effective entrance, he flung it wide open, when a heavy jug of water fell right down on him, wetting him to the skin, and just missing his left shoulder by a couple of inches. At the same moment he heard stifled shrieks of laughter proceeding from the four-post bed. The shock to his nervous system was so great that he fled back to his room as hard as he could go, and the next day he was laid up with a severe cold. The only thing that at all consoled him in the whole affair was the fact that he had not brought his head with him, for, had he done so, the consequences might have been very serious.

Hacía más de setenta años que no aparecía con aquel disfraz; de hecho, no lo hacía desde que asustó tanto con él a la bella Lady Barbara Modish, que ésta rompió repentinamente su compromiso con el abuelo del actual Lord Canterville y huyó a Gretna Green con el apuesto Jack Castletown, declarando que nada en el mundo la induciría a casarse con una familia que permitía que un fantasma tan horrible se paseara por la terraza al anochecer. El pobre Jack fue abatido más tarde en un duelo por Lord Canterville en Wandsworth Common, y Lady Barbara murió con el corazón roto en Tunbridge Wells antes de que acabara el año, así que, en todos los sentidos, había sido un gran éxito. Sin embargo, se trataba de un «maquillaje» extremadamente difícil, si se me permite utilizar una expresión tan teatral en relación con uno de los mayores misterios del mundo sobrenatural o, por emplear un término más científico, del mundo supranatural, y le llevó tres horas hacer los preparativos. Por fin todo estaba listo, y él estaba muy satisfecho de su aspecto. Las grandes botas de montar de cuero que hacían juego con la vestimenta le quedaban un poco grandes, y sólo pudo encontrar una de las dos pistolas de montar, pero, en general, estaba bastante satisfecho, y a la una y cuarto se deslizó fuera del revestimiento de madera y se arrastró por el corredor. Al llegar a la habitación ocupada por los mellizos, que debo mencionar se llamaba la Cámara de la Cama Azul, por el color de sus colgaduras, encontró la puerta entreabierta. Deseando hacer una entrada eficaz, la abrió de par en par, cuando una pesada jarra de agua le cayó encima, mojándole hasta los huesos y pasándole un par de pulgadas por encima del hombro izquierdo. En el mismo momento oyó gritos ahogados de risa procedentes de la cama de cuatro postes. La conmoción en su sistema nervioso fue tan grande que huyó a su habitación con todas sus fuerzas, y al día siguiente tuvo que guardar cama con un fuerte resfriado. Lo único que le consoló en todo aquel asunto fue el hecho de no haber llevado la cabeza consigo, ya que, de haberlo hecho, las consecuencias podrían haber sido muy graves.

"MAKING SATIRICAL REMARKS ON THE PHOTOGRAPHS"

«HACIENDO COMENTARIOS SATÍRICOS SOBRE LAS FOTOGRAFÍAS»

He now gave up all hope of ever frightening this rude American family, and contented himself, as a rule, with creeping about the passages in list slippers, with a thick red muffler round his throat for fear of draughts, and a small arquebuse, in case he should be attacked by the twins. The final blow he received occurred on the 19th of September. He had gone down-stairs to the great entrance-hall, feeling sure that there, at any rate, he would be quite unmolested, and was amusing himself by making satirical remarks on the large Saroni photographs of the United States Minister and his wife which had now taken the place of the Canterville family pictures. He was simply but neatly clad in a long shroud, spotted with churchyard mould, had tied up his jaw with a strip of yellow linen, and carried a small lantern and a sexton's spade. In fact, he was dressed for the character of "Jonas the Graveless, or the Corpse-Snatcher of Chertsey Barn," one of his most remarkable impersonations, and one which the Cantervilles had every reason to remember, as it was the real origin of their quarrel with their neighbour, Lord Rufford. It was about a quarter-past two o'clock in the morning, and, as far as he could ascertain, no one was stirring. As he was strolling towards the library, however, to see if there were any traces left of the blood-stain, suddenly there leaped out on him from a dark corner two figures, who waved their arms wildly above their heads, and shrieked out "BOO!" in his ear.

Seized with a panic, which, under the circumstances, was only natural, he rushed for the staircase, but found Washington Otis waiting for him there with the big garden-syringe, and being thus hemmed in by his enemies on every side, and driven almost to bay, he vanished into the great iron stove, which, fortunately for him, was not lit, and had to make his way home through the flues and chimneys, arriving at his own room in a terrible state of dirt, disorder, and despair.

After this he was not seen again on any nocturnal expedition. The twins lay in wait for him on several occasions, and strewed the passages with nutshells every night to the great annoyance of their parents and the servants, but it was of no avail. It was quite evident that his feelings were so wounded that he would not appear. Mr. Otis consequently resumed his great work on the history of the Democratic Party, on which he had been engaged for some years; Mrs. Otis organized a wonderful clam-bake, which amazed the whole county;

Renunció entonces a toda esperanza de asustar alguna vez a aquella ruda familia americana y se contentó, por regla general, con arrastrarse por los pasadizos en zapatillas de lana, con una gruesa bufanda roja alrededor de la garganta, por miedo a las corrientes de aire, y un pequeño arcabuz, por si le atacaban los mellizos. El último golpe que recibió ocurrió el 19 de septiembre. Había bajado al gran vestíbulo, convencido de que allí, en cualquier caso, no sería molestado en absoluto, y se divertía haciendo comentarios satíricos sobre las grandes fotografías de Saroni del Ministro de los Estados Unidos de América y su esposa, que ahora ocupaban el lugar de los cuadros de la familia Canterville. Iba simple pero pulcramente vestido con un largo sudario manchado de moho de cementerio, se había atado la mandíbula con una tira de lino amarillo y llevaba una pequeña linterna y una pala de sepulturero. De hecho, estaba vestido para el personaje de «Jonas el Desenterrador, o el Ladrón de Cadáveres de Chertsey Barn», una de sus imitaciones más notables y que los Canterville tenían motivos para recordar, ya que fue el verdadero origen de su disputa con su vecino, Lord Rufford. Eran aproximadamente las dos y cuarto de la madrugada y, por lo que pudo comprobar, nadie se movía. Sin embargo, cuando se dirigía hacia la biblioteca para ver si quedaba algún rastro de la mancha de sangre, de repente saltaron hacia él desde un rincón oscuro dos figuras que agitaban los brazos salvajemente por encima de sus cabezas y le gritaron «¡BOO!» al oído.

Presa de un pánico que, dadas las circunstancias, era natural, se dirigió corriendo a la escalera, pero encontró a Washington Otis esperándole allí con la gran regadera de jardín, y viéndose así acorralado por sus enemigos por todas partes, y llevado casi al borde del abismo, desapareció en la gran estufa de hierro, que, afortunadamente para él, no estaba encendida, y tuvo que abrirse camino a casa a través de los conductos y chimeneas, llegando a su propia habitación en un terrible estado de suciedad, desorden y desesperación.

Después de esto no se le volvió a ver en ninguna expedición nocturna. Los mellizos le acecharon en varias ocasiones y sembraron los pasadizos de cáscaras de nuez todas las noches, para gran disgusto de sus padres y de los criados, pero fue en vano. Era evidente que sus sentimientos estaban tan heridos que no aparecería. En consecuencia, el señor Otis reanudó su gran obra sobre la historia del Partido Demócrata, a la que se había dedicado durante algunos años; la señora Otis organizó un maravilloso asado de almejas, que asombró a todo el condado; los

the boys took to lacrosse euchre, poker, and other American national games, and Virginia rode about the lanes on her pony, accompanied by the young Duke of Cheshire, who had come to spend the last week of his holidays at Canterville Chase. It was generally assumed that the ghost had gone away, and, in fact, Mr. Otis wrote a letter to that effect to Lord Canterville, who, in reply, expressed his great pleasure at the news, and sent his best congratulations to the Minister's worthy wife.

The Otises, however, were deceived, for the ghost was still in the house, and though now almost an invalid, was by no means ready to let matters rest, particularly as he heard that among the guests was the young Duke of Cheshire, whose grand-uncle, Lord Francis Stilton, had once bet a hundred guineas with Colonel Carbury that he would play dice with the Canterville ghost, and was found the next morning lying on the floor of the card-room in such a helpless paralytic state that, though he lived on to a great age, he was never able to say anything again but "Double Sixes." The story was well known at the time, though, of course, out of respect to the feelings of the two noble families, every attempt was made to hush it up, and a full account of all the circumstances connected with it will be found in the third volume of Lord Tattle's *Recollections of the Prince Regent and his Friends*. The ghost, then, was naturally very anxious to show that he had not lost his influence over the Stiltons, with whom, indeed, he was distantly connected, his own first cousin having been married *en secondes noces* to the Sieur de Bulkeley, from whom, as every one knows, the Dukes of Cheshire are lineally descended. Accordingly, he made arrangements for appearing to Virginia's little lover in his celebrated impersonation of "The Vampire Monk, or the Bloodless Benedictine," a performance so horrible that when old Lady Startup saw it, which she did on one fatal New Year's Eve, in the year 1764, she went off into the most piercing shrieks, which culminated in violent apoplexy, and died in three days, after disinheriting the Cantervilles, who were her nearest relations, and leaving all her money to her London apothecary. At the last moment, however, his terror of the twins prevented his leaving his room, and the little Duke slept in peace under the great feathered canopy in the Royal Bedchamber, and dreamed of Virginia.

muchachos se aficionaron al lacrosse, al euchre, al póquer y a otros juegos nacionales americanos, y Virginia recorrió los senderos en su poni, acompañada por el joven Duque de Cheshire, que había venido a pasar la última semana de sus vacaciones en Canterville Chase. En general, se supuso que el fantasma se había ido y, de hecho, el señor Otis escribió una carta en ese sentido a Lord Canterville, quien, en respuesta, expresó su gran placer por la noticia y envió sus mejores felicitaciones a la digna esposa del Ministro.

Sin embargo, los Otis fueron engañados, pues el fantasma seguía en la casa y, aunque ya casi inválido, no estaba dispuesto a dejar que las cosas se calmaran, sobre todo al enterarse de que entre los invitados se encontraba el joven Duque de Cheshire, cuyo tío abuelo, Lord Francis Stilton, había apostado una vez cien guineas con el Coronel Carbury a que jugaría a los dados con el fantasma de Canterville, y fue encontrado a la mañana siguiente tendido en el suelo de la sala de naipes en un estado de parálisis tan impotente que, aunque vivió hasta una edad avanzada, nunca fue capaz de decir nada más que «Seis Doble». La historia era bien conocida en aquella época, aunque, naturalmente, por respeto a los sentimientos de las dos nobles familias, se hizo todo lo posible por silenciarla, y en el tercer volumen de los *Recuerdos del Príncipe Regente y sus Amigos*, de Lord Tattle, se encontrará un relato completo de todas las circunstancias relacionadas con ella. Naturalmente, el fantasma estaba muy ansioso por demostrar que no había perdido su influencia sobre los Stilton, con los que, de hecho, estaba lejanamente relacionado, ya que su propia prima hermana se había casado en segundas nupcias con el Sieur de Bulkeley, de quien, como todo el mundo sabe, descienden linealmente los Duques de Cheshire. En consecuencia, hizo los arreglos necesarios para aparecerse ante el joven amante de Virginia en su célebre personificación de «El Monje Vampiro, o el Benedictino sin Sangre», una actuación tan horrible que cuando la anciana Lady Startup lo vio, cosa que hizo en una fatal Nochevieja del año 1764, prorrumpió en los más desgarradores alaridos que culminaron en una violenta apoplejía y murió en tres días, tras desheredar a los Canterville, que eran sus parientes más cercanos, y dejar todo su dinero a su boticario de Londres. En el último momento, sin embargo, su terror a los mellizos le impidió salir de su habitación, y el pequeño Duque durmió en paz bajo el gran dosel de plumas de la Alcoba Real, y soñó con Virginia.

"SUDDENLY THERE LEAPED OUT TWO FIGURES."

«DE REPENTE SALTARON HACIA ÉL DOS FIGURAS»

V

Afew days after this, Virginia and her curly-haired cavalier went out riding on Brockley meadows, where she tore her habit so badly in getting through a hedge that, on their return home, she made up her mind to go up by the back staircase so as not to be seen. As she was running past the Tapestry Chamber, the door of which happened to be open, she fancied she saw some one inside, and thinking it was her mother's maid, who sometimes used to bring her work there, looked in to ask her to mend her habit. To her immense surprise, however, it was the Canterville Ghost himself! He was sitting by the window, watching the ruined gold of the yellowing trees fly through the air, and the red leaves dancing madly down the long avenue. His head was leaning on his hand, and his whole attitude was one of extreme depression. Indeed, so forlorn, and so much out of repair did he look, that little Virginia, whose first idea had been to run away and lock herself in her room, was filled with pity, and determined to try and comfort him. So light was her footfall, and so deep his melancholy, that he was not aware of her presence till she spoke to him.

"I am so sorry for you," she said, "but my brothers are going back to Eton to-morrow, and then, if you behave yourself, no one will annoy you."

"It is absurd asking me to behave myself," he answered, looking round in astonishment at the pretty little girl who had ventured to address him, "quite absurd. I must rattle my chains, and groan through keyholes, and walk about at night, if that is what you mean. It is my only reason for existing."

"It is no reason at all for existing, and you know you have been very wicked. Mrs. Umney told us, the first day we arrived here, that you had killed your wife."

"Well, I quite admit it," said the Ghost, petulantly, "but it was a purely family matter, and concerned no one else."

"It is very wrong to kill any one," said Virginia, who at times had a sweet puritan gravity, caught from some old New England ancestor.

V

Pocos días después de esto, Virginia y su caballero de pelo rizado salieron a cabalgar por los prados de Brockley, donde ella se rompió el vestido de tal manera al atravesar un seto que, al regresar a casa, decidió subir por la escalera trasera para no ser vista. Al pasar por delante de la Cámara de los Tapices, cuya puerta estaba abierta, le pareció ver a alguien dentro y, pensando que era la criada de su madre, que a veces solía llevar allí su trabajo, se asomó para pedirle que le arreglara el vestido. Sin embargo, para su inmensa sorpresa, ¡era el Fantasma de Canterville en persona! Estaba sentado junto a la ventana, viendo volar por el aire el oro ruinoso de los árboles amarillentos y las hojas rojas que danzaban enloquecidas por la larga avenida. Tenía la cabeza apoyada en la mano, y toda su actitud era de extrema depresión. De hecho, su aspecto era tan triste y desmejorado que la pequeña Virginia, cuya primera idea había sido huir y encerrarse en su habitación, se compadeció de él y decidió intentar consolarlo. Tan ligeros eran los pasos de ella, y tan profunda su melancolía, que él no se dio cuenta de su presencia hasta que ella le habló.

«Lo siento mucho por usted», dijo, «pero mis hermanos volverán a Eton mañana, y entonces, si se porta bien, nadie le molestará».

«Es absurdo pedirme que me comporte», respondió él, mirando con asombro a la bonita muchachita que se había atrevido a dirigirse a él, «completamente absurdo. Debo hacer sonar mis cadenas, y gemir a través de las cerraduras, y caminar por la noche, si eso es lo que quieres decir. Es mi única razón de existir».

«No es razón en absoluto para existir, y usted sabe que ha sido muy malvado. La señora Umney nos dijo, el día que llegamos aquí, que usted había matado a su esposa».

«Bueno, lo admito», dijo el Fantasma, petulante, «pero era un asunto puramente familiar, y no concernía a nadie más».

«Está muy mal matar a quien sea», dijo Virginia, que a veces tenía una dulce gravedad puritana, heredada de algún viejo antepasado de Nueva Inglaterra.

"Oh, I hate the cheap severity of abstract ethics! My wife was very plain, never had my ruffs properly starched, and knew nothing about cookery. Why, there was a buck I had shot in Hogley Woods, a magnificent pricket, and do you know how she had it sent to table? However, it is no matter now, for it is all over, and I don't think it was very nice of her brothers to starve me to death, though I did kill her."

"Starve you to death? Oh, Mr. Ghost—I mean Sir Simon, are you hungry? I have a sandwich in my case. Would you like it?"

"No, thank you, I never eat anything now; but it is very kind of you, all the same, and you are much nicer than the rest of your horrid, rude, vulgar, dishonest family."

"Stop!" cried Virginia, stamping her foot, "it is you who are rude, and horrid, and vulgar, and as for dishonesty, you know you stole the paints out of my box to try and furbish up that ridiculous blood-stain in the library. First you took all my reds, including the vermilion, and I couldn't do any more sunsets, then you took the emerald-green and the chrome-yellow, and finally I had nothing left but indigo and Chinese white, and could only do moonlight scenes, which are always depressing to look at, and not at all easy to paint. I never told on you, though I was very much annoyed, and it was most ridiculous, the whole thing; for who ever heard of emerald-green blood?"

"Well, really," said the Ghost, rather meekly, "what was I to do? It is a very difficult thing to get real blood nowadays, and, as your brother began it all with his Paragon Detergent, I certainly saw no reason why I should not have your paints. As for colour, that is always a matter of taste: the Cantervilles have blue blood, for instance, the very bluest in England; but I know you Americans don't care for things of this kind."

"You know nothing about it, and the best thing you can do is to emigrate and improve your mind. My father will be only too happy to give you a free passage, and though there is a heavy duty on spirits of every kind, there will be no difficulty about the Custom House, as the officers are all Democrats. Once in New York, you are sure to be a great success. I know lots of people there who would give a hundred

«¡Oh, odio la severidad barata de la ética abstracta! Mi mujer era muy sencilla, nunca me almidonó bien las gorgueras y no sabía nada de cocina. Hubo un ciervo que yo había cazado en el bosque de Hogley, un magnífico alcaraván, y ¿sabes cómo hizo que lo sirvieran en la mesa? Sin embargo, ahora no importa, pues todo ha terminado, y no creo que fuera muy amable por parte de sus hermanos matarme de hambre... aunque yo la haya matado a ella».

«¿Morir de hambre? Oh, Señor Fantasma, quiero decir, Sir Simon, ¿tiene hambre? Tengo un sándwich en mi cartera. ¿Le gustaría?».

«No, gracias, ya nunca como nada; pero es muy amable de tu parte, de todos modos, y eres mucho más agradable que el resto de tu horrible, grosera, vulgar y deshonesta familia».

«¡Basta!», gritó Virginia, dando un pisotón, «es usted quien es grosero, y horrible, y vulgar, y en cuanto a la deshonestidad, usted sabe que robó las pinturas de mi caja para tratar de arreglar esa ridícula mancha de sangre en la biblioteca. Primero se llevó todos mis rojos, incluido el bermellón, y ya no pude pintar más puestas de sol; luego se llevó el verde esmeralda y el amarillo cromo, y finalmente sólo me quedaron el añil y el blanco chino, y sólo pude hacer escenas a la luz de la luna, que siempre son deprimentes de ver, y nada fáciles de pintar. Nunca se lo dije a usted, aunque me molestó mucho, y todo aquello era de lo más ridículo, porque ¿quién ha oído hablar de sangre verde esmeralda?».

«Bueno, en realidad», dijo el Fantasma con bastante mansedumbre, «¿qué podía hacer? Hoy en día es muy difícil conseguir sangre de verdad y, como tu hermano empezó todo con su Detergente Paragon, no vi ninguna razón para no tener tus pinturas. En cuanto al color, siempre es cuestión de gustos: los Canterville tienen sangre azul, por ejemplo, la más azul de Inglaterra; pero sé que a los norteamericanos no les interesan estas cosas».

«No sabe nada al respecto, y lo mejor que puede hacer es emigrar y desarrollar su pensamiento. Mi padre estará encantado de proporcionarle un pasaje gratuito, y aunque hay un fuerte impuesto sobre las cosas espirituosas de todo tipo, no habrá ninguna dificultad en la aduana, ya que los funcionarios son todos demócratas. Una vez en Nueva York, seguro que tendrá un gran éxito. Conozco mucha gente allí que daría

thousand dollars to have a grandfather, and much more than that to have a family ghost."

"I don't think I should like America."

"I suppose because we have no ruins and no curiosities," said Virginia, satirically.

"No ruins! no curiosities!" answered the Ghost; "you have your navy and your manners."

"Good evening; I will go and ask papa to get the twins an extra week's holiday."

"Please don't go, Miss Virginia," he cried; "I am so lonely and so unhappy, and I really don't know what to do. I want to go to sleep and I cannot."

"That's quite absurd! You have merely to go to bed and blow out the candle. It is very difficult sometimes to keep awake, especially at church, but there is no difficulty at all about sleeping. Why, even babies know how to do that, and they are not very clever."

"I have not slept for three hundred years," he said sadly, and Virginia's beautiful blue eyes opened in wonder; "for three hundred years I have not slept, and I am so tired."

Virginia grew quite grave, and her little lips trembled like rose-leaves. She came towards him, and kneeling down at his side, looked up into his old withered face.

"Poor, poor Ghost," she murmured; "have you no place where you can sleep?"

"Far away beyond the pine-woods," he answered, in a low, dreamy voice, "there is a little garden. There the grass grows long and deep, there are the great white stars of the hemlock flower, there the night-ingale sings all night long. All night long he sings, and the cold crystal moon looks down, and the yew-tree spreads out its giant arms over the sleepers."

cien mil dólares por tener un abuelo, y mucho más que eso por tener un fantasma de familia».

«No creo que vaya a gustarme Norteamérica».

«Supongo que porque no tenemos ruinas ni curiosidades», dijo Virginia, satíricamente.

«¡Nada de ruinas! ¡Nada de curiosidades!», respondió el Fantasma; «ustedes tienen su marina y sus modales».

«Buenas noches; iré a pedirle a papá que les dé a los mellizos una semana más de vacaciones».

«Por favor, no se vaya, señorita Virginia», gritó él; «estoy tan solo y soy tan infeliz, y realmente no sé qué hacer. Quiero irme a dormir y no puedo».

«¡Eso es absurdo! Basta con irse a la cama y apagar la vela. A veces es muy difícil mantenerse despierto, sobre todo en la iglesia, pero dormir no supone ninguna dificultad. Hasta los bebés saben hacerlo, y no son muy listos».

«Hace trescientos años que no duermo», dijo tristemente, y los hermosos ojos azules de Virginia se abrieron con asombro; «hace trescientos años que no duermo, y estoy tan cansado».

Virginia se puso muy seria y sus pequeños labios temblaron como hojas de rosa. Se acercó a él y, arrodillándose a su lado, miró su viejo rostro marchito.

«Pobre, pobre Fantasma», murmuró; «¿no tiene usted un lugar donde dormir?».

«Más allá de los pinares», respondió él en voz baja y soñadora, «hay un pequeño jardín. Allí la hierba crece larga y profunda, allí están las grandes estrellas blancas de la flor de la cicuta, allí el ruiseñor canta toda la noche. Toda la noche canta, y la fría luna de cristal mira hacia abajo, y el tejo extiende sus gigantescos brazos sobre los durmientes».

"'POOR, POOR GHOST,' SHE MURMURED; 'HAVE YOU NO PLACE WHERE YOU CAN SLEEP?'"

«POBRE, POBRE FANTASMA», MURMURÓ; «¿NO TIENE USTED UN LUGAR DONDE DORMIR?»

Virginia's eyes grew dim with tears, and she hid her face in her hands.

"You mean the Garden of Death," she whispered.

"Yes, death. Death must be so beautiful. To lie in the soft brown earth, with the grasses waving above one's head, and listen to silence. To have no yesterday, and no to-morrow. To forget time, to forget life, to be at peace. You can help me. You can open for me the portals of death's house, for love is always with you, and love is stronger than death is."

Virginia trembled, a cold shudder ran through her, and for a few moments there was silence. She felt as if she was in a terrible dream.

Then the ghost spoke again, and his voice sounded like the sighing of the wind.

"Have you ever read the old prophecy on the library window?"

"Oh, often," cried the little girl, looking up; "I know it quite well. It is painted in curious black letters, and is difficult to read. There are only six lines:

"'When a golden girl can win
Prayer from out the lips of sin,
When the barren almond bears,
And a little child gives away its tears,
Then shall all the house be still
And peace come to Canterville.'

But I don't know what they mean."

"They mean," he said, sadly, "that you must weep with me for my sins, because I have no tears, and pray with me for my soul, because I have no faith, and then, if you have always been sweet, and good, and gentle, the angel of death will have mercy on me. You will see fearful shapes in darkness, and wicked voices will whisper in your ear, but they will not harm you, for against the purity of a little child the pow-

Los ojos de Virginia se empañaron de lágrimas y escondió la cara entre las manos.

«Se refiere al Jardín de la Muerte», susurró.

«Sí, la muerte. La muerte debe ser tan hermosa. Yacer en la suave tierra marrón, con las hierbas ondeando sobre la cabeza, y escuchar el silencio. No tener ayer ni mañana. Olvidar el tiempo, olvidar la vida, estar en paz. Tú puedes ayudarme. Puedes abrirme los portales de la casa de la muerte, porque el amor siempre está contigo, y el amor es más fuerte que la muerte».

Virginia tembló, un escalofrío la recorrió y durante unos instantes se hizo el silencio. Ella se sentía como si estuviera en un sueño terrible.

Entonces el fantasma volvió a hablar, y su voz sonó como el suspiro del viento.

«¿Has leído alguna vez la vieja profecía sobre la ventana de la biblioteca?».

«Oh, a menudo», exclamó la niña, levantando la vista, «la conozco muy bien. Está pintada con curiosas letras negras, y es difícil de leer. Sólo tiene seis líneas:

«"Cuando una chica dorada pueda ganar
La oración de los labios del pecado
Cuando la almendra estéril dé a luz,
Y un infante pequeño regale sus lágrimas,
Entonces toda la casa estará quieta
Y la paz llegará a Canterville".

Pero no sé lo que significan».

«Quieren decir», dijo, tristemente, «que tú debes llorar conmigo por mis pecados, porque no tengo lágrimas, y rezar conmigo por mi alma, porque no tengo fe, y entonces, si siempre has sido dulce, y buena, y amable, el ángel de la muerte se apiadará de mí. Verás formas temibles en la oscuridad, y voces perversas susurrarán a tu oído, pero no te harán daño, porque contra la pureza de un niño pequeño no pueden prevale-

ers of Hell cannot prevail."

Virginia made no answer, and the ghost wrung his hands in wild despair as he looked down at her bowed golden head. Suddenly she stood up, very pale, and with a strange light in her eyes. "I am not afraid," she said firmly, "and I will ask the angel to have mercy on you."

He rose from his seat with a faint cry of joy, and taking her hand bent over it with old-fashioned grace and kissed it. His fingers were as cold as ice, and his lips burned like fire, but Virginia did not falter, as he led her across the dusky room. On the faded green tapestry were broidered little huntsmen. They blew their tasselled horns and with their tiny hands waved to her to go back. "Go back! little Virginia," they cried, "go back!" but the ghost clutched her hand more tightly, and she shut her eyes against them. Horrible animals with lizard tails and goggle eyes blinked at her from the carven chimneypiece, and murmured, "Beware! little Virginia, beware! we may never see you again," but the Ghost glided on more swiftly, and Virginia did not listen. When they reached the end of the room he stopped, and muttered some words she could not understand. She opened her eyes, and saw the wall slowly fading away like a mist, and a great black cavern in front of her. A bitter cold wind swept round them, and she felt something pulling at her dress. "Quick, quick," cried the Ghost, "or it will be too late," and in a moment the wainscoting had closed behind them, and the Tapestry Chamber was empty.

cer los poderes del Infierno».

Virginia no respondió, y el fantasma se retorció las manos con salvaje desesperación mientras miraba su cabeza dorada inclinada. De pronto ella se puso de pie, muy pálida y con una extraña luz en los ojos. «No tengo miedo», dijo con firmeza, «y pediré al ángel que se apiade de usted».

Él se levantó de su asiento con un débil grito de alegría y, cogiéndole la mano, se inclinó sobre ella con la gracia de antaño y se la besó. Tenía los dedos fríos como el hielo y los labios ardientes como el fuego, pero Virginia no vaciló mientras él la guiaba por la oscura habitación. Sobre el tapiz verde descolorido había pequeños cazadores bordados. Tocaban sus cuernos con borlas y con sus pequeñas manos le hacían señas para que regresara. «¡Vuelve, pequeña Virginia!», le gritaron, «¡vuelve!», pero el fantasma le apretó la mano con más fuerza y ella cerró los ojos. Unos animales horribles con cola de lagarto y ojos como anteojos la miraron desde la chimenea tallada y murmuraron: «¡Cuidado, pequeña Virginia, cuidado, puede que no volvamos a verte!», pero el Fantasma se deslizó rápidamente, y Virginia no escuchó. Cuando llegaron al final de la habitación, el Fantasma se detuvo y murmuró unas palabras que ella no pudo entender. Abrió los ojos y vio que la pared se desvanecía lentamente como la niebla y que delante de ella había una gran caverna negra. Un viento helado los envolvió y ella sintió que algo tiraba de su vestido. «Rápido, rápido», gritó el Espectro, «o será demasiado tarde», y en un instante el revestimiento de madera se cerró tras ellos y la Cámara de los Tapices quedó vacía.

"THE GHOST GLIDED ON MORE SWIFTLY"

«EL FANTASMA SE DESLIZÓ MÁS RÁPIDAMENTE»

VI

About ten minutes later, the bell rang for tea, and, as Virginia did not come down, Mrs. Otis sent up one of the footmen to tell her. After a little time he returned and said that he could not find Miss Virginia anywhere. As she was in the habit of going out to the garden every evening to get flowers for the dinner-table, Mrs. Otis was not at all alarmed at first, but when six o'clock struck, and Virginia did not appear, she became really agitated, and sent the boys out to look for her, while she herself and Mr. Otis searched every room in the house. At half-past six the boys came back and said that they could find no trace of their sister anywhere. They were all now in the greatest state of excitement, and did not know what to do, when Mr. Otis suddenly remembered that, some few days before, he had given a band of gipsies permission to camp in the park. He accordingly at once set off for Blackfell Hollow, where he knew they were, accompanied by his eldest son and two of the farm-servants. The little Duke of Cheshire, who was perfectly frantic with anxiety, begged hard to be allowed to go too, but Mr. Otis would not allow him, as he was afraid there might be a scuffle. On arriving at the spot, however, he found that the gipsies had gone, and it was evident that their departure had been rather sudden, as the fire was still burning, and some plates were lying on the grass. Having sent off Washington and the two men to scour the district, he ran home, and despatched telegrams to all the police inspectors in the county, telling them to look out for a little girl who had been kidnapped by tramps or gipsies. He then ordered his horse to be brought round, and, after insisting on his wife and the three boys sitting down to dinner, rode off down the Ascot road with a groom. He had hardly, however, gone a couple of miles, when he heard somebody galloping after him, and, looking round, saw the little Duke coming up on his pony, with his face very flushed, and no hat. "I'm awfully sorry, Mr. Otis," gasped out the boy, "but I can't eat any dinner as long as Virginia is lost. Please don't be angry with me; if you had let us be engaged last year, there would never have been all this trouble. You won't send me back, will you? I can't go! I won't go!"

VI

Unos diez minutos después, sonó la campana para el té y, como Virginia no bajaba, la señora Otis hizo subir a uno de los lacayos para que se lo dijera. Al cabo de un rato regresó y dijo que no encontraba a la señorita Virginia por ninguna parte. Como ella tenía la costumbre de salir al jardín todas las tardes a coger flores para la mesa, la señora Otis no se alarmó en absoluto al principio, pero cuando dieron las seis y Virginia no aparecía, se puso realmente nerviosa y envió a los muchachos a buscarla, mientras ella misma y el señor Otis recorrían todas las habitaciones de la casa. A las seis y media volvieron los muchachos y dijeron que no encontraban rastro de su hermana por ninguna parte. Todos estaban ahora en el mayor estado de excitación, y no sabían qué hacer, cuando el señor Otis recordó de repente que, unos días antes, había dado permiso a una banda de gitanos para acampar en el parque. En consecuencia, partió inmediatamente hacia Blackfell Hollow, donde sabía que se encontraban, acompañado por su hijo mayor y dos de los criados de la granja. El pequeño Duque de Cheshire, que estaba completamente frenético de ansiedad, suplicó con todas sus fuerzas que se le permitiera ir también, pero el señor Otis no se lo permitió, pues temía que se produjera una refriega. Al llegar al lugar, sin embargo, se encontró con que los gitanos se habían ido, y era evidente que su marcha había sido bastante repentina, ya que el fuego seguía encendido y algunos platos estaban tirados sobre la hierba. Después de enviar a Washington y a los dos hombres a recorrer el distrito, corrió a casa y envió telegramas a todos los inspectores de policía del condado, diciéndoles que buscaran a una niña que había sido secuestrada por vagabundos o gitanos. Ordenó entonces que trajeran su caballo y, tras insistir en que su esposa y los tres niños se sentaran a cenar, se alejó por el camino de Ascot con un mozo de cuadra. Apenas había recorrido un par de millas, cuando oyó que alguien galopaba tras él y, al mirar a su alrededor, vio al pequeño Duque que se acercaba en su poni, con la cara muy sonrojada y sin sombrero. «Lo siento mucho, señor Otis», dijo el muchacho jadeando, «pero no puedo cenar mientras Virginia esté perdida. Por favor, no se enfade conmigo; si nos hubiera dejado comprometernos el año pasado, nunca habría habido todo este problema. No me enviará de vuelta, ¿verdad? No puedo irme. No me iré».

"HE HEARD SOMEBODY GALLOPING AFTER HIM"

«OYÓ QUE ALGUIEN GALOPABA TRAS ÉL»

The Minister could not help smiling at the handsome young scape-grace, and was a good deal touched at his devotion to Virginia, so leaning down from his horse, he patted him kindly on the shoulders, and said, "Well, Cecil, if you won't go back, I suppose you must come with me, but I must get you a hat at Ascot."

"Oh, bother my hat! I want Virginia!" cried the little Duke, laughing, and they galloped on to the railway station. There Mr. Otis inquired of the station-master if any one answering to the description of Virginia had been seen on the platform, but could get no news of her. The station-master, however, wired up and down the line, and assured him that a strict watch would be kept for her, and, after having bought a hat for the little Duke from a linen-draper, who was just putting up his shutters, Mr. Otis rode off to Bexley, a village about four miles away, which he was told was a well-known haunt of the gipsies, as there was a large common next to it. Here they roused up the rural policeman, but could get no information from him, and, after riding all over the common, they turned their horses' heads homewards, and reached the Chase about eleven o'clock, dead-tired and almost heart-broken. They found Washington and the twins waiting for them at the gate-house with lanterns, as the avenue was very dark. Not the slightest trace of Virginia had been discovered. The gipsies had been caught on Brockley meadows, but she was not with them, and they had explained their sudden departure by saying that they had mistaken the date of Chorton Fair, and had gone off in a hurry for fear they should be late. Indeed, they had been quite distressed at hearing of Virginia's disappearance, as they were very grateful to Mr. Otis for having allowed them to camp in his park, and four of their number had stayed behind to help in the search. The carp-pond had been dragged, and the whole Chase thoroughly gone over, but without any result. It was evident that, for that night at any rate, Virginia was lost to them; and it was in a state of the deepest depression that Mr. Otis and the boys walked up to the house, the groom following behind with the two horses and the pony. In the hall they found a group of frightened servants, and lying on a sofa in the library was poor Mrs. Otis, almost out of her mind with terror and anxiety, and having her forehead bathed with eau de cologne by the old housekeeper. Mr. Otis at once insisted on her having something to eat, and ordered up supper for the whole party. It was a melancholy meal, as hardly any one spoke, and even the twins were awestruck and sub-

El Ministro no pudo evitar sonreír al joven y apuesto canalla, y se sintió muy conmovido por su devoción a Virginia, así que, bajándose de su caballo, le dio unas amables palmaditas en los hombros y le dijo: «Bueno, Cecil, si no quieres volver, supongo que debes venir conmigo, pero debo conseguirte un sombrero en Ascot».

«¡Oh, qué fastidia con mi sombrero! Quiero a Virginia», gritó riendo el pequeño Duque, y siguieron galopando hasta la estación de ferrocarril. Allí el señor Otis preguntó al jefe de estación si habían visto en el andén a alguien que respondiera a la descripción de Virginia, pero no pudo obtener noticias de ella. El jefe de estación, sin embargo, telegrafió de un lado a otro de la línea y le aseguró que se mantendría una estricta vigilancia y, después de comprar un sombrero para el pequeño Duque a un pañero que estaba cerrando sus persianas, el señor Otis cabalgó hacia Bexley, un pueblo situado a unas cuatro millas de distancia, que, según le dijeron, era un lugar muy frecuentado por los gitanos, ya que había una gran comunidad en las cercanías. Aquí despertaron al policía rural, pero no pudieron obtener ninguna información de él y, después de cabalgar por toda la zona común, volvieron a casa con sus caballos y llegaron a Chase hacia las once, muertos de cansancio y casi con el corazón destrozado. Encontraron a Washington y a los mellizos esperándolos en la portería con linternas, ya que la avenida estaba muy oscura. No habían descubierto el menor rastro de Virginia. Los gitanos habían sido sorprendidos en los prados de Brockley, pero ella no estaba con ellos, y habían explicado su repentina partida diciendo que se habían equivocado con la fecha de la Feria de Chorton, y habían salido a toda prisa por temor a llegar tarde. De hecho, se habían sentido muy angustiados al enterarse de la desaparición de Virginia, ya que estaban muy agradecidos al señor Otis por haberles permitido acampar en su parque, y cuatro de ellos se habían quedado para ayudar en la búsqueda. Habían dragado el estanque de las carpas y revisado a fondo todo Chase, pero sin resultado alguno. Era evidente que, al menos por aquella noche, Virginia estaba perdida para ellos, y fue en un estado de profunda depresión que el señor Otis y los muchachos se dirigieron a la casa, seguidos por el mozo de cuadra con los dos caballos y el poni. En el vestíbulo encontraron a un grupo de criados asustados, y tumbada en un sofá de la biblioteca estaba la pobre señora Otis, casi fuera de sí por el terror y la ansiedad, y con la frente bañada en agua de colonia por la vieja ama de llaves. El señor Otis insistió en que comiera algo y ordenó que cenaran todos. Fue una comida melancólica, ya que casi nadie habló, e incluso

dued, as they were very fond of their sister. When they had finished, Mr. Otis, in spite of the entreaties of the little Duke, ordered them all to bed, saying that nothing more could be done that night, and that he would telegraph in the morning to Scotland Yard for some detectives to be sent down immediately. Just as they were passing out of the dining-room, midnight began to boom from the clock tower, and when the last stroke sounded they heard a crash and a sudden shrill cry; a dreadful peal of thunder shook the house, a strain of unearthly music floated through the air, a panel at the top of the staircase flew back with a loud noise, and out on the landing, looking very pale and white, with a little casket in her hand, stepped Virginia. In a moment they had all rushed up to her. Mrs. Otis clasped her passionately in her arms, the Duke smothered her with violent kisses, and the twins executed a wild war-dance round the group.

"Good heavens! child, where have you been?" said Mr. Otis, rather angrily, thinking that she had been playing some foolish trick on them. "Cecil and I have been riding all over the country looking for you, and your mother has been frightened to death. You must never play these practical jokes any more."

"Except on the Ghost! except on the Ghost!" shrieked the twins, as they capered about.

"My own darling, thank God you are found; you must never leave my side again," murmured Mrs. Otis, as she kissed the trembling child, and smoothed the tangled gold of her hair.

"Papa," said Virginia, quietly, "I have been with the Ghost. He is dead, and you must come and see him. He had been very wicked, but he was really sorry for all that he had done, and he gave me this box of beautiful jewels before he died."

los mellizos estaban espantados y sumisos, pues querían mucho a su hermana. Cuando terminaron, el señor Otis, a pesar de las súplicas del pequeño Duque, ordenó que se acostaran todos, diciendo que aquella noche no se podía hacer nada más y que por la mañana telegrafiaría a Scotland Yard para que enviaran inmediatamente algunos detectives. Justo cuando salían del comedor, la medianoche empezó a resonar en la torre del reloj, y cuando sonó la última campanada oyeron un estruendo y un grito agudo y repentino; un trueno espantoso sacudió la casa, una música sobrenatural flotó en el aire, un panel en lo alto de la escalera voló hacia atrás con un fuerte ruido, y en el rellano, muy pálida y blanca, con un pequeño cofrecillo en la mano, salió Virginia. Al instante todos se abalanzaron sobre ella. La señora Otis la estrechó apasionadamente entre sus brazos, el Duque la asfixió con violentos besos y los mellizos ejecutaron una salvaje danza de guerra alrededor del grupo.

«¡Cielo santo! niña, ¿dónde has estado?», dijo el señor Otis, bastante enfadado, pensando que les había estado gastando alguna broma tonta. «Cecil y yo hemos recorrido todo el país buscándote, y tu madre casi se ha muerto de la angustia. No debes volver a gastarnos estas bromas».

«¡Excepto con el Fantasma! ¡Excepto con el Fantasma!», gritaban los mellizos mientras hacían cabriolas.

«Querida mía, gracias a Dios que has sido encontrada; no debes separarte de mí nunca más», murmuró la señora Otis, mientras besaba a la temblorosa niña y le alisaba el enmarañado y dorado cabello.

«Papá», dijo Virginia en voz baja, «he estado con el Fantasma. Ha muerto y debes venir a verlo. Había sido muy malvado, pero estaba realmente arrepentido de todo lo que había hecho, y me dio esta caja de hermosas joyas antes de morir».

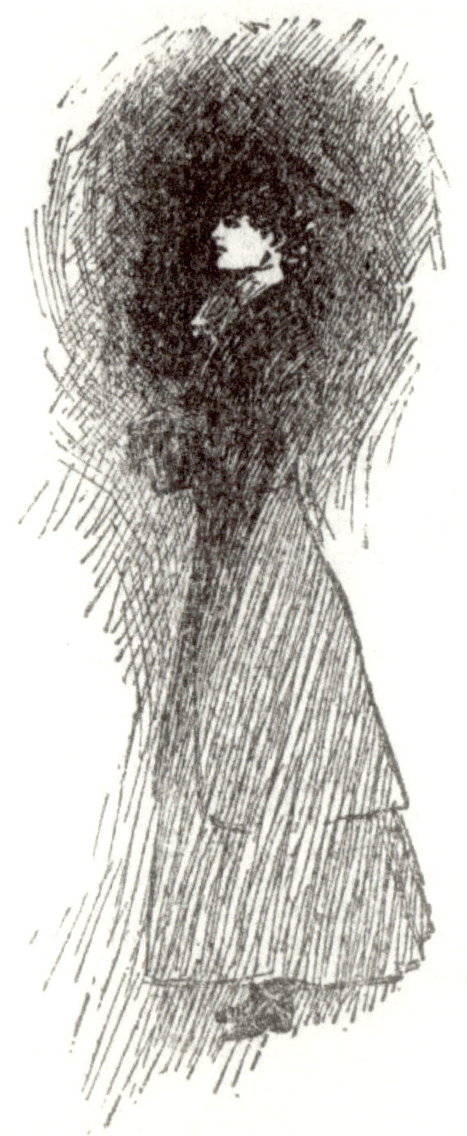

"OUT ON THE LANDING STEPPED VIRGINIA"

«EN EL RELLANO SALIÓ VIRGINIA»

The whole family gazed at her in mute amazement, but she was quite grave and serious; and, turning round, she led them through the opening in the wainscoting down a narrow secret corridor, Washington following with a lighted candle, which he had caught up from the table. Finally, they came to a great oak door, studded with rusty nails. When Virginia touched it, it swung back on its heavy hinges, and they found themselves in a little low room, with a vaulted ceiling, and one tiny grated window. Imbedded in the wall was a huge iron ring, and chained to it was a gaunt skeleton, that was stretched out at full length on the stone floor, and seemed to be trying to grasp with its long fleshless fingers an old-fashioned trencher and ewer, that were placed just out of its reach. The jug had evidently been once filled with water, as it was covered inside with green mould. There was nothing on the trencher but a pile of dust. Virginia knelt down beside the skeleton, and, folding her little hands together, began to pray silently, while the rest of the party looked on in wonder at the terrible tragedy whose secret was now disclosed to them.

"Hallo!" suddenly exclaimed one of the twins, who had been looking out of the window to try and discover in what wing of the house the room was situated. "Hallo! the old withered almond-tree has blossomed. I can see the flowers quite plainly in the moonlight."

"God has forgiven him," said Virginia, gravely, as she rose to her feet, and a beautiful light seemed to illumine her face.

"What an angel you are!" cried the young Duke, and he put his arm round her neck, and kissed her.

Toda la familia la miró con mudo asombro, pero su rostro era grave y serio; y, dándose la vuelta, los condujo a través de la abertura en el revestimiento de madera por un estrecho corredor secreto, Washington la seguía con una vela encendida que había cogido de la mesa. Finalmente, llegaron a una gran puerta de roble, tachonada de clavos oxidados. Cuando Virginia la tocó, giró sobre sus pesadas bisagras y se encontraron en una pequeña habitación baja, con techo abovedado y una pequeña ventana enrejada. Incrustada en la pared había una enorme argolla de hierro, a la que estaba encadenado un esqueleto enjuto, extendido a todo lo largo sobre el suelo de piedra, y que parecía intentar agarrar con sus largos dedos descarnados un plato antiguo y una jarra, que estaban colocados justo fuera de su alcance. La jarra había estado llena de agua, pues estaba cubierta de moho verde. Sobre el plato no había más que un montón de polvo. Virginia se arrodilló junto al esqueleto y, juntando sus manitas, se puso a rezar en silencio, mientras el resto del grupo contemplaba asombrado la terrible tragedia cuyo secreto se les revelaba ahora.

«¡Hola!», exclamó de pronto uno de los mellizos, que había estado mirando por la ventana para tratar de descubrir en qué ala de la casa estaba situada la habitación. «El viejo almendro marchito ha florecido. Puedo ver las flores claramente a la luz de la luna».

«Dios le ha perdonado», dijo Virginia con gravedad, mientras se ponía en pie y una hermosa luz parecía iluminar su rostro.

«¡Eres un ángel!», gritó el joven Duque, le echó el brazo al cuello y la besó.

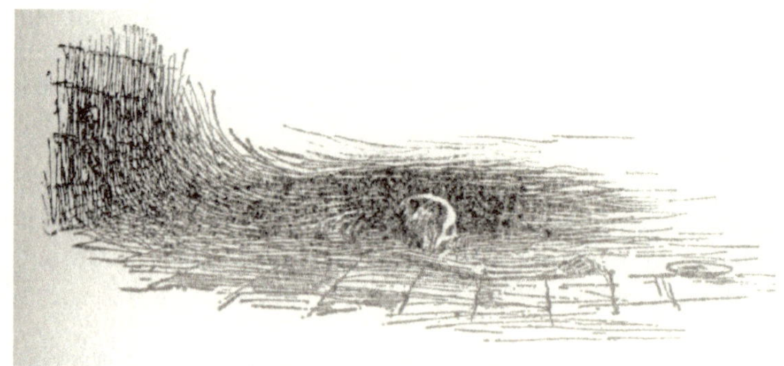

"CHAINED TO IT WAS A GAUNT SKELETON"

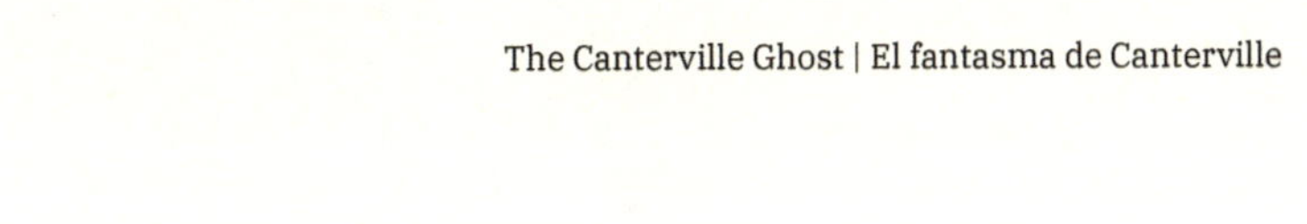

«A LA QUE ESTABA ENCADENADO UN ESQUELETO ENJUTO»

VII

Four days after these curious incidents, a funeral started from Canterville Chase at about eleven o'clock at night. The hearse was drawn by eight black horses, each of which carried on its head a great tuft of nodding ostrich-plumes, and the leaden coffin was covered by a rich purple pall, on which was embroidered in gold the Canterville coat-of-arms. By the side of the hearse and the coaches walked the servants with lighted torches, and the whole procession was wonderfully impressive. Lord Canterville was the chief mourner, having come up specially from Wales to attend the funeral, and sat in the first carriage along with little Virginia. Then came the United States Minister and his wife, then Washington and the three boys, and in the last carriage was Mrs. Umney. It was generally felt that, as she had been frightened by the ghost for more than fifty years of her life, she had a right to see the last of him. A deep grave had been dug in the corner of the churchyard, just under the old yew-tree, and the service was read in the most impressive manner by the Rev. Augustus Dampier. When the ceremony was over, the servants, according to an old custom observed in the Canterville family, extinguished their torches, and, as the coffin was being lowered into the grave, Virginia stepped forward, and laid on it a large cross made of white and pink almond-blossoms. As she did so, the moon came out from behind a cloud, and flooded with its silent silver the little churchyard, and from a distant copse a nightingale began to sing. She thought of the ghost's description of the Garden of Death, her eyes became dim with tears, and she hardly spoke a word during the drive home.

The next morning, before Lord Canterville went up to town, Mr. Otis had an interview with him on the subject of the jewels the ghost had given to Virginia. They were perfectly magnificent, especially a certain ruby necklace with old Venetian setting, which was really a superb specimen of sixteenth-century work, and their value was so great that Mr. Otis felt considerable scruples about allowing his daughter to accept them.

VII

Cuatro días después de estos curiosos incidentes, un funeral partió de Canterville Chase hacia las once de la noche. El coche fúnebre era tirado por ocho caballos negros, cada uno de los cuales llevaba en la cabeza un gran penacho de plumas de avestruz, y el féretro de plomo estaba cubierto por un rico manto púrpura, en el que estaba bordado en oro el escudo de armas de Canterville. Junto al coche fúnebre y las carrozas caminaban los sirvientes con antorchas encendidas, y toda la procesión era impresionante en gran manera. Lord Canterville fue el principal doliente, habiendo venido especialmente desde Gales para asistir al funeral, y se sentó en el primer carruaje junto con la pequeña Virginia. Luego vinieron el Ministro de los Estados Unidos de América y su esposa, después Washington y los tres niños, y en el último carruaje iba la señora Umney. La opinión general era que, como el fantasma la había asustado durante más de cincuenta años de su vida, ella tenía derecho a verlo por última vez. Se había cavado una tumba profunda en un rincón del cementerio, justo debajo del viejo tejo, y el Reverendo Augustus Dampier dio lectura a la misa causando gran impresión. Una vez concluida la ceremonia, los criados, de acuerdo con una antigua costumbre de la familia Canterville, apagaron las antorchas y, cuando el ataúd era bajado a la tumba, Virginia se adelantó y depositó sobre él una gran cruz hecha con flores de almendro, blancas y rosas. Mientras lo hacía, la luna salió de detrás de una nube e inundó con su silenciosa plata el pequeño patio de la iglesia, y desde un bosquecillo lejano un ruiseñor comenzó a cantar. Ella pensó en la descripción que el fantasma había hecho sobre el Jardín de la Muerte, sus ojos se empañaron de lágrimas y apenas pronunció palabra durante el trayecto de vuelta a casa.

A la mañana siguiente, antes de que Lord Canterville fuera a la ciudad, el señor Otis tuvo una entrevista con él sobre el tema de las joyas que el fantasma había regalado a Virginia. Eran absolutamente magníficas, especialmente cierto collar de rubíes con engaste veneciano antiguo, que era realmente un soberbio ejemplar del trabajo que se realizaba en el siglo XVI, y su valor era tan grande que el señor Otis sintió considerables escrúpulos a la hora de permitir que su hija aceptara las joyas.

"BY THE SIDE OF THE HEARSE AND THE COACHES WALKED THE
SERVANTS WITH LIGHTED TORCHES"

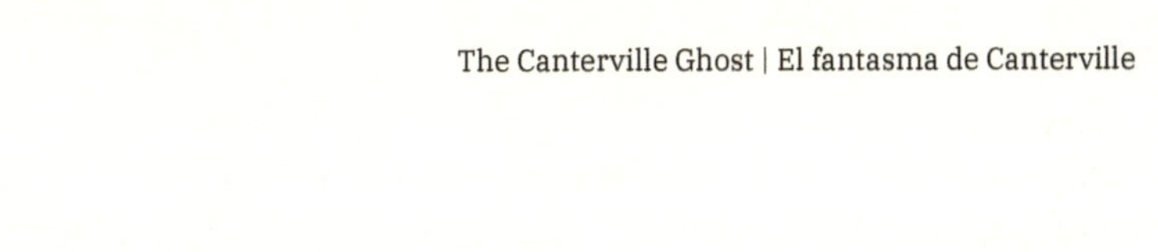

«JUNTO AL COCHE FÚNEBRE Y LAS CARROZAS CAMINABAN LOS SIRVIENTES CON ANTORCHAS ENCENDIDAS»

"My lord," he said, "I know that in this country mortmain is held to apply to trinkets as well as to land, and it is quite clear to me that these jewels are, or should be, heirlooms in your family. I must beg you, accordingly, to take them to London with you, and to regard them simply as a portion of your property which has been restored to you under certain strange conditions. As for my daughter, she is merely a child, and has as yet, I am glad to say, but little interest in such appurtenances of idle luxury. I am also informed by Mrs. Otis, who, I may say, is no mean authority upon Art,—having had the privilege of spending several winters in Boston when she was a girl,—that these gems are of great monetary worth, and if offered for sale would fetch a tall price. Under these circumstances, Lord Canterville, I feel sure that you will recognize how impossible it would be for me to allow them to remain in the possession of any member of my family; and, indeed, all such vain gauds and toys, however suitable or necessary to the dignity of the British aristocracy, would be completely out of place among those who have been brought up on the severe, and I believe immortal, principles of Republican simplicity. Perhaps I should mention that Virginia is very anxious that you should allow her to retain the box, as a memento of your unfortunate but misguided ancestor. As it is extremely old, and consequently a good deal out of repair, you may perhaps think fit to comply with her request. For my own part, I confess I am a good deal surprised to find a child of mine expressing sympathy with mediævalism in any form, and can only account for it by the fact that Virginia was born in one of your London suburbs shortly after Mrs. Otis had returned from a trip to Athens."

Lord Canterville listened very gravely to the worthy Minister's speech, pulling his grey moustache now and then to hide an involuntary smile, and when Mr. Otis had ended, he shook him cordially by the hand, and said: "My dear sir, your charming little daughter rendered my unlucky ancestor, Sir Simon, a very important service, and I and my family are much indebted to her for her marvellous courage and pluck. The jewels are clearly hers, and, egad, I believe that if I were heartless enough to take them from her, the wicked old fellow would be out of his grave in a fortnight, leading me the devil of a life. As for their being heirlooms, nothing is an heirloom that is not so mentioned in a will or legal document, and the existence of these jewels has been quite unknown. I assure you I have no more claim on

«Mi señor», dijo, «sé que en este país las manos muertas se aplican tanto a las baratijas como a la tierra, haciéndolas inalienables, y tengo muy claro que estas joyas son, o deberían ser, reliquias de su familia. Debo rogarle, en consecuencia, que se las lleve a Londres, y que las considere simplemente como una parte de su propiedad que le ha sido devuelta bajo ciertas extrañas condiciones. En cuanto a mi hija, no es más que una niña, y me complace decir que todavía tiene muy poco interés en estos accesorios de lujo ocioso. También me ha informado la señora Otis, quien, debo decir, no es menuda autoridad en materia de arte, ya que tuvo el privilegio de pasar varios inviernos en Boston cuando era niña, que estas gemas tienen un gran valor monetario y, si se pusieran a la venta, alcanzarían un alto precio. En estas circunstancias, Lord Canterville, estoy seguro de que reconocerá lo imposible que me resultaría permitir que permanecieran en posesión de cualquier miembro de mi familia; y, de hecho, todos esos vanos adornos y juguetes, por muy adecuados o necesarios que fueran para la dignidad de la aristocracia británica, estarían completamente fuera de lugar entre aquellos que han sido educados en los severos y —creo— inmortales principios de la sencillez republicana. Tal vez debería mencionar que Virginia está muy interesada en que le permita conservar el recipiente como recuerdo de su desafortunado e insensato antepasado. Como la caja es muy vieja y, por lo tanto, está en muy mal estado, tal vez considere oportuno acceder a su petición. Por mi parte, confieso que me sorprende mucho que una hija mía exprese simpatía por el medievalismo en cualquiera de sus formas, y sólo puedo explicarlo por el hecho de que Virginia nació en uno de sus suburbios londinenses, poco después de que la señora Otis regresara de un viaje a Atenas».

Lord Canterville escuchó muy seriamente el discurso del digno Ministro, tirando de vez en cuando de su bigote gris para ocultar una sonrisa involuntaria, y cuando el señor Otis hubo terminado, le estrechó cordialmente la mano y dijo: «Mi querido señor, su encantadora hijita prestó a mi desafortunado antepasado, Sir Simon, un servicio muy importante, y yo y mi familia estamos muy en deuda con ella por su maravilloso valor y coraje. Está claro que las joyas son suyas y creo que, si yo fuera tan despiadado como para quitárselas, ese viejo malvado saldría de su tumba en quince días y me daría una vida del demonio. En cuanto a que sean reliquias que se hereden, nada es una reliquia si no se menciona así en un testamento o documento legal, y la existencia de estas joyas ha sido bastante desconocida. Le aseguro que no tengo más

them than your butler, and when Miss Virginia grows up, I dare say she will be pleased to have pretty things to wear. Besides, you forget, Mr. Otis, that you took the furniture and the ghost at a valuation, and anything that belonged to the ghost passed at once into your possession, as, whatever activity Sir Simon may have shown in the corridor at night, in point of law he was really dead, and you acquired his property by purchase."

Mr. Otis was a good deal distressed at Lord Canterville's refusal, and begged him to reconsider his decision, but the good-natured peer was quite firm, and finally induced the Minister to allow his daughter to retain the present the ghost had given her, and when, in the spring of 1890, the young Duchess of Cheshire was presented at the Queen's first drawing-room on the occasion of her marriage, her jewels were the universal theme of admiration. For Virginia received the coronet, which is the reward of all good little American girls, and was married to her boy-lover as soon as he came of age. They were both so charming, and they loved each other so much, that every one was delighted at the match, except the old Marchioness of Dumbleton, who had tried to catch the Duke for one of her seven unmarried daughters, and had given no less than three expensive dinner-parties for that purpose, and, strange to say, Mr. Otis himself. Mr. Otis was extremely fond of the young Duke personally, but, theoretically, he objected to titles, and, to use his own words, "was not without apprehension lest, amid the enervating influences of a pleasure-loving aristocracy, the true principles of Republican simplicity should be forgotten." His objections, however, were completely overruled, and I believe that when he walked up the aisle of St. George's, Hanover Square, with his daughter leaning on his arm, there was not a prouder man in the whole length and breadth of England.

The Duke and Duchess, after the honeymoon was over, went down to Canterville Chase, and on the day after their arrival they walked over in the afternoon to the lonely churchyard by the pine-woods. There had been a great deal of difficulty at first about the inscription on Sir Simon's tombstone, but finally it had been decided to engrave on it simply the initials of the old gentleman's name, and the verse from the library window. The Duchess had brought with her some lovely roses, which she strewed upon the grave, and after they had

derecho a ellas que su mayordomo, y cuando la señorita Virginia crezca, me atrevo a decir que estará encantada de tener cosas bonitas que ponerse. Además, olvida, señor Otis, que usted adquirió los muebles y el fantasma a precio de tasación, y que cualquier cosa que perteneciera al fantasma pasó de inmediato a su posesión, ya que, independientemente de la actividad que Sir Simon pudiera haber mostrado en el pasillo por la noche, desde el punto de vista legal estaba realmente muerto, y usted adquirió su propiedad por compra».

El señor Otis se sintió muy afligido por la negativa de Lord Canterville y le rogó que reconsiderara su decisión, pero el bondadoso par se mantuvo firme y finalmente indujo al Ministro a permitir que su hija conservara el regalo que el fantasma le había hecho y cuando en la primavera de 1890, la joven Duquesa de Cheshire fue presentada en el primer salón de la Reina con motivo de su matrimonio sus joyas fueron el tema universal de admiración. Virginia recibió la coronilla, que es la recompensa de todas las niñas norteamericanas buenas, y se casó con su amado en cuanto éste alcanzó la mayoría de edad. Los dos eran tan encantadores y se querían tanto que todo el mundo estaba encantado con la boda, excepto por la vieja Marquesa de Dumbleton, que había intentado conquistar al Duque para una de sus siete hijas solteras, y había organizado no menos de tres costosas cenas con ese fin y, por extraño que parezca, excepto además el propio señor Otis. El señor Otis apreciaba mucho personalmente al joven Duque, pero, teóricamente, se oponía a los títulos y, según sus propias palabras, «temía que, en medio de las influencias enervantes de una aristocracia amante del placer, se olvidaran los verdaderos principios de la sencillez republicana». Sus objeciones, sin embargo, fueron completamente anuladas, y creo que cuando caminó por el pasillo de St. George, Hanover Square, con su hija del brazo, no había un hombre más orgulloso a lo largo y ancho de Inglaterra.

Una vez terminada la luna de miel, el Duque y la Duquesa fueron a Canterville Chase, y al día siguiente de su llegada se dirigieron por la tarde al solitario cementerio de la iglesia, junto a los pinares. Al principio había habido muchas dificultades en cuanto a la inscripción de la lápida de Sir Simon, pero finalmente se había decidido grabar en ella simplemente las iniciales del nombre del anciano caballero y el verso de la ventana de la biblioteca. La Duquesa había traído consigo unas hermosas rosas, que esparció sobre la tumba, y después de haber

stood by it for some time they strolled into the ruined chancel of the old abbey. There the Duchess sat down on a fallen pillar, while her husband lay at her feet smoking a cigarette and looking up at her beautiful eyes. Suddenly he threw his cigarette away, took hold of her hand, and said to her, "Virginia, a wife should have no secrets from her husband."

"Dear Cecil! I have no secrets from you."

"Yes, you have," he answered, smiling, "you have never told me what happened to you when you were locked up with the ghost."

"I have never told any one, Cecil," said Virginia, gravely.

"I know that, but you might tell me."

"Please don't ask me, Cecil, I cannot tell you. Poor Sir Simon! I owe him a great deal. Yes, don't laugh, Cecil, I really do. He made me see what Life is, and what Death signifies, and why Love is stronger than both."

The Duke rose and kissed his wife lovingly.

"You can have your secret as long as I have your heart," he murmured.

"You have always had that, Cecil."

"And you will tell our children some day, won't you?"

Virginia blushed.

permanecido junto a ella durante algún tiempo, entraron en el ruinoso presbiterio de la vieja abadía. Allí, la Duquesa se sentó en un pilar caído, mientras su marido yacía a sus pies fumando un cigarrillo y mirándola a los hermosos ojos. De pronto él tiró el cigarrillo, la cogió de la mano y le dijo: «Virginia, una esposa no debe tener secretos para su marido».

«¡Querido Cecil! No tengo secretos para ti».

«Sí que los tienes», contestó sonriendo, «nunca me has contado lo que te pasó cuando estabas encerrada con el fantasma».

«Nunca se lo he dicho a nadie, Cecil», dijo Virginia con gravedad.

«Ya lo sé, pero podrías decírmelo».

«Por favor, no me preguntes, Cecil, no puedo decírtelo. ¡Pobre Sir Simon! Le debo mucho. Sí, no te rías, Cecil, realmente se lo debo. Él me hizo ver lo que es la Vida, y lo que significa la Muerte, y por qué el Amor es más fuerte que ambas».

El Duque se levantó y besó cariñosamente a su esposa.

«Puedes tener tu secreto mientras yo tenga tu corazón», murmuró.

«Siempre lo has tenido, Cecil».

«Y algún día se lo contarás a nuestros hijos, ¿verdad?».

Virginia se sonrojó.

"THE MOON CAME OUT FROM BEHIND A CLOUD"

«LA LUNA SALIÓ DE DETRÁS DE UNA NUBE»

Rosetta Edu

CLÁSICOS EN ESPAÑOL

Esperamos que hayas disfrutado esta lectura. ¿Quieres leer esta obra en ebook?

En nuestro Club del Libro encontrarás artículos relacionados con los libros que publicamos y la literatura en general. ¡Suscríbete en nuestra página web y te ofrecemos un ebook gratis por mes!

Recibe tu copia totalmente gratuita al unirte a nuestro *Club del libro* en rosettaedu.com/pages/club-del-libro o escaneando este QR code con tu dispositivo.

Rosetta Edu

CLÁSICOS EN ESPAÑOL

Una habitación propia se estableció desde su publicación como uno de los libros fundamentales del feminismo. Basado en dos conferencias pronunciadas por Virginia Woolf en colleges para mujeres y ampliado luego por la autora, el texto es un testamento visionario, donde tópicos característicos del feminismo por casi un siglo son expuestos con claridad tal vez por primera vez.

Basta pensar que *La guerra de los mundos* fue escrito entre 1895 y 1897 para darse cuenta del poder visionario del texto. Desde el momento de su publicación la novela se convirtió en una de las piezas fundamentales del canon de las obras de ciencia ficción y el referente obligado de guerra extraterrestre.

Otra vuelta de tuerca es una de las novelas de terror más difundidas en la literatura universal y cuenta una historia absorbente, siguiendo a una institutriz a cargo de dos niños en una gran mansión en la campiña inglesa que parece estar embrujada. Los detalles de la descripción y la narración en primera persona van conformando un mundo que puede inspirar genuino terror.

rosettaedu.com

Rosetta Edu

EDICIONES BILINGÜES

De Jacob Flanders no se sabe sino lo que se deja entrever en las impresiones que los otros personajes tienen de él y sin embargo él es el centro constante de la narración. La primera novela experimental de Virginia Woolf trabaja entonces sobre ese vacío del personaje central. Ahora presentado en una edición bilingüe facilitando la comprensión del original.

Durante décadas, y acercándose a su centenario, *El gran Gatsby* ha sido considerada una obra maestra de la literatura y candidata al título de «Gran novela americana» por su dominio al mostrar la pura identidad americana junto a un estilo distinto y maduro. La edición bilingüe permite apreciar los detalles del texto original y constituye un paso obligado para aprender el inglés en profundidad.

El Principito es uno de los libros infantiles más leídos de todos los tiempos. Es un verdadero monumento literario que con justicia se ha convertido en el libro escrito en francés más impreso y traducido de toda la historia. La edición bilingüe francés / español permite apreciar el original en todo su esplendor a la vez que abordar un texto fundamental de la lengua gala.

rosettaedu.com

www.ingramcontent.com/pod-product-compliance
Lightning Source LLC
Chambersburg PA
CBHW061458210726
48287CB00007B/2557